Es waren Habichte in der Luft　Siegfried Lenz

空中有苍鹰

〔德〕西格弗里德·伦茨 著　朱刘华 译

著作权合同登记号　图字 01-2018-1557

Siegfried Lenz
Es waren Habichte in der Luft

Copyright © 1951 by Hoffmann und Campe Verlag，Hamburg，Germany
All rights reserved.
This edition arranged through HERCULES Business & Culture
Development GmbH，Germany
Simplified Chinese translation copyright © 2018
by Shanghai 99 Culture Consulting Co.，Ltd.
All rights reserved.

图书在版编目(CIP)数据

空中有苍鹰/(德)西格弗里德·伦茨著；朱刘华译.
—北京：人民文学出版社，2018
（中经典精选）
ISBN 978-7-02-014224-8

Ⅰ.①空…　Ⅱ.①西…　②朱…　Ⅲ.①中篇小说-德国-现代　Ⅳ.①I516.45

中国版本图书馆 CIP 数据核字(2018)第 087637 号

总 策 划	黄育海
责任编辑	朱卫净　欧雪勤
封面设计	汪佳诗

出版发行	人民文学出版社
社　　址	北京市朝内大街 166 号
邮政编码	100705
网　　址	http://www.rw-cn.com
印　　制	上海盛通时代印刷有限公司
经　　销	全国新华书店等
开　　本	890 毫米×1240 毫米　1/32
印　　张	7.25
字　　数	132 千字
版　　次	2018 年 8 月北京第 1 版
印　　次	2018 年 8 月第 1 次印刷
书　　号	978-7-02-014224-8
定　　价	45.00 元

如有印装质量问题，请与本社图书销售中心调换。电话：010 - 65233595

Novella

献给我的妻子

目 录

001　第一章　欺骗
022　第二章　尝试飞翔
040　第三章　彼得鲁卡
054　第四章　秸秆上的逻辑
078　第五章　做梦
106　第六章　绿酒
129　第七章　意外
147　第八章　凶杀
169　第九章　结局
193　第十章　最后关头
219　译后记

第一章　欺骗

天空有苍鹰在飞。

罗斯科夫没有发觉；他站在他家客栈的窗前，正在观察一只小雌雀，雀儿从木桥的栏杆上方飞过，紧贴狭窄、奔腾的溪流的水面，又猛然折回，意外地决定落到溪畔一块丑陋、多皱的石头上。

罗斯科夫想，这鸟儿肯定口渴了。

他错了。鸟儿一次也没有将它那无害的鸟喙伸进水里。它摆动着轻盈的小脑袋，像在等候谁似的。罗斯科夫守在窗前，太阳，那古老的太阳，照着他的须疮和黑发。一只小雄雀从木桥的栏杆上方飞来。途中，也可能更早，它就发现了皱石上的雌雀儿。两只鸟儿奔向对方，你啄我我啄你，扑打着翅膀，满怀期望似的抖动着，又突然各自飞去了不同的方向。

好吧，好吧，罗斯科夫想道。这本来不关他的事，但鸟儿们啥事也没发生过似的各奔东西，让他恼火。罗斯科夫低声嘟哝道："我感觉鸟儿记忆力很差，还没有良心。"

罗斯科夫探身窗台外。他发现一个窄胸、瘦小的男人，那人穿一件很破的俄罗斯罩衫,手拎一只硬纸箱,正抬头冲着罗斯科夫微笑。微笑或嘲笑,罗斯科夫识别不清楚。

"你也在观察鸟儿?"

"是的。"拎纸箱的男人说道。

"看到什么了?"

"它们头很小。"

"嗯——你来这儿有什么事吗?"

"我在找人。"

"你来过佩科?"

"是的,几年前来过。"

"那你在找谁?"

"马托乌斯基。"

"马托乌斯基?"

"对。"

"你是指花店的那个马托乌斯基吗?"

"对。"

罗斯科夫抬头看看路,好像他必须先证实附近没人偷听才能继续讲下去似的。然后他压低嗓门说道:"你找不到那位马托乌斯基了。他们将他枪杀了,他死了。听说他给新政府添麻烦了。"那人将他的硬纸箱放到罗斯科夫客栈前的低矮长椅上,脸撇了撇,乌黑的斜眼盯着溪畔的皱石。罗斯科夫不再答理他,望向大松树,不吱声。

片刻后,穿俄罗斯罩衫的那人说道:

"天空有苍鹰在飞。"

罗斯科夫有点吃惊。

他问:"在哪儿?"

"在松树上方,但飞得很高。苍鹰的头比较大。"

"四只苍鹰。"罗斯科夫说道,他发现了那些鸟儿,它们镇定自如,几乎看不到地排成一线,在松树上空飞翔。

穿俄罗斯罩衫的那人拎起硬纸箱走了。他向木桥走去,停在栏杆旁。罗斯科夫观看苍鹰。陌生人将纸箱放在桥面,顺着陡峭、破裂的斜坡走下溪流。他伸出一条腿,用脚尖摸索丑陋的石头。石头纹丝不动。于是他大胆地站上去,弯下腰,伸手掬起溪水就喝。

罗斯科夫还在观察苍鹰。

喝完水之后,那人又从斜坡爬上来,拎起纸箱,返回客栈。

"马托乌斯基是什么时候被枪杀的?"他低声问道。

"已经有段时间了。"

罗斯科夫将窗玻璃当镜子,用一块湿布擦他的须疮。他不看那人,只问道:"你叫什么名字?"

"施滕卡。"

"噢。你是俄罗斯人?"

"可我已经在芬兰生活十四年了。我最后的一份工作是在一家锯木厂里。"

"那你找马托乌斯基有什么事呢?"

那人将硬纸箱放到低矮的长椅上,仰起头——简直就像鹳鸟一样,抬头看着罗斯科夫。他手朝东做了个奇怪的动作,说道:

"我家在俄罗斯,离这儿也许有一万俄里[①]。我家里有个花园,现在园子里蓝蓟和布哈拉莺尾正在怒放。六年了,我一直想回家。我在锯木厂干活,省下了钱。可当我以为,钱足够了时……"

"你又将它喝光了。"罗斯科夫站在他的窗旁,居高临下地叫道。

那人看着他的脚尖,耸耸肩。罗斯科夫相信他在哭。

"我本不想全部喝光的。"

"好吧。可你找马托乌斯基有什么事呢?"

施滕卡没有立即回答,过了一会儿才说:"马托乌斯基还欠我点钱。我曾经为他做过栽花的木槽。当时他就想付我钱的,可我想,在这世界上有个小小的户头是件好事。于是我请他一直欠着我这笔钱。"

"你今天是来要钱的?"罗斯科夫问道,将他用来擦须疮的布塞进口袋里。

"不,我不是来向他要钱的。我只想向他要几枝花,要几枝蓝蓟。"

[①] 1俄里约等于1公里。

"嗯。——马托乌斯基被枪杀了。"

就在这时,那只雌麻雀又飞过了木桥的栏杆上方。

"喏,你看。"罗斯科夫说道。

两人望着溪畔丑陋、多皱的岩石。这回鸟儿将喙伸进水里,喝起水来。

什么地方传来鼓声。鸟儿飞走了。罗斯科夫缓缓抬起头,等候鼓声再次响起,但一直没等到。

"咋回事?"施滕卡问道。

罗斯科夫没有回答,而是用手做了个手势,示意俄罗斯人去他店堂里。他们在一张棕色宽桌旁坐下,客栈老板从架子上拿起一瓶带绿色标签的烧酒,将两只一样大的杯子放在面前,斟满。"来,"他说道,将一只杯子递给施滕卡,"喝点吧。不必付钱。"

两人伸长脖子,仰头喝起来。客栈老板望了一阵窗外,身体从桌面上方远远地探过来,说:"民兵肯定又有什么安排了。前天夜里几乎逮捕了所有教师。新政府在搞大清洗。今天上午已经提起了第一批诉讼。据说,出庭作证的主要证人都是孩子。"

施滕卡目不转睛地盯着罗斯科夫,左手手指插进纸箱的绳子下面。罗斯科夫将酒瓶放回架子里,从口袋里掏出软布轻拭他的须疮。

他的话从布下悄悄传出:"孩子们的陈述对他们的教师不

利。据说都是些连最简单的算术题和单词都学不会的最愚蠢的孩子。要他们报复教师曾经因为他们的愚蠢和懒惰而责罚他们。这大概与新启蒙也有关。"

最后几句话罗斯科夫声音放得很低,俄罗斯人没能听明白,他问道:"启蒙?"

"孩子们的启蒙。"罗斯科夫回答,"是政府搞的。要求孩子们监视他们的教师,不让他们传授离谱、危险的内容。——你说,你曾经在一家锯木厂干过?"施滕卡浑身一激灵。"对。"他有点惊慌地回答,"怎么了?你干吗问我这个?"

发觉对方听到他的问题时吓了一跳,罗斯科夫笑了。

"你的那双手更像是一位教师的手,而不像木材工人的手。锯木工的双手几乎能遮住这桌子。你手上有老趼吗?今天芬兰有很多人在到处乱窜,民兵正在寻找他们。"

"我在县锯木厂工作过两年,后来在锯木厂的管理部门核算工资。"施滕卡平静地回答。

罗斯科夫"嗯"了一声,从地上捡起他在塞进口袋时掉落的软布。"你很会算账?我不想对你刨根问底。你放心好了。但我也许可以帮你找个工资很高的工作。这就是说,雇你的那人,又肥胖又小气。因此你必须开高价。他会将你轰走两次。你假装想走,他会叫你回去。到时候你就可以给自己买身外套,坐车回你的布哈拉茑尾花那儿了。在锯木厂里干活可是挣不到什么钱的。"罗斯科夫起身走近窗户,盯视大松树良久,又忽然转过身来，吓了俄罗斯人一跳。罗斯科夫高扬着眉毛问道：

"喂，你觉得我的建议怎么样？"

施滕卡松开纸箱的绳子。如果他不同意这个建议，或至少考虑考虑，他会让客栈老板更加怀疑。但他无法解释罗斯科夫为什么对他这么友好。

"同意吗？"罗斯科夫追问道。

"是的，"施滕卡说道，"我同意。可是，要我做什么呢？谁是我的老板？他住在哪里？"

"他就住在我附近。他又肥胖又小气。你可以叫他莱奥，我们大家都这么叫他。马托乌斯基被枪杀后，莱奥盘下了花店。他还从未与花打过交道，不过也许你能帮助他，让他更胜任。你说过，你家里也种着布哈拉鸢尾花和那个——蓝蓟。莱奥的花店是佩科唯一的一家花店，会很有前途的；芬兰鲜花很少。只不过，我已经说过，他又肥胖又小气。"

俄罗斯人站起来，目光越过罗斯科夫的头顶，落在酒瓶的绿色标签上。他想说，接下来这段时间要留在佩科，这决定可不容易做，因此他需要一点思考时间。说到他的家当，他当然根本不需要考虑，因为他将他全部的财产都塞在硬纸箱里了。他正在考虑如何回答罗斯科夫，酒吧间的门就被推开了，走进来一个年轻、敦实的红发男子。他看都没看施滕卡一眼，径直走向罗斯科夫，无声地与罗斯科夫握下手，用脸指指一只瓶子。罗斯科夫从柜子里抽出他示意的那瓶，倒满一杯。红头发一口喝光，扭头环顾。他褐色的眼睛扫一下施滕卡，又转向罗斯科夫，大拇指指着身后，问道："这人是谁？你认识他吗？"

罗斯科夫跳起来。"你来得真是太好了，埃尔基。这是个俄罗斯人，他对花卉懂得很多。原来是在一家锯木厂核算工资的。他也会制作花槽和花坛。我想，这人莱奥可能用得上。"

俄罗斯人站起来，碎步走向两人。

"我当然同意。"他说道，拉起埃尔基的手。罗斯科夫笑笑。太阳从窗户钻进来，照在酒瓶子上。太阳几乎无所不在：它于同一时间照耀着莱奥的花店和罗斯科夫的须疮，它在佩科的集市广场上散步，经过关押教师们的监狱，挤进新粉刷的看守小屋，打断了一位民兵军士的睡眠；它钻进枪支的瞄准器，跃过壕沟，跃过新壕沟老壕沟。一切都进行得无声无息，貌似有些好奇，但没有危险，轻松愉快，仿佛心情极好似的。

"那好，"罗斯科夫说道，将胳膊搭在两人的肩头，"你带施滕卡去吧，埃尔基。"他望着施滕卡，补充解释说："埃尔基已经在莱奥那儿干了一段时间了。他可以马上领你过去。""莱奥此刻不在家，"埃尔基说道，"他找村长去了，说是要跟村长商量些事情，可我不知道他们要商量什么。"看样子罗斯科夫是想一箭双雕，摆脱他俩。他将他们推向门口，将俄罗斯人的硬纸箱递给俄罗斯人。

"箱子很轻。你就这些东西吗？好吧，如果你照我先前对你说的做，你很快就会有一身新外套，就能回到你的花儿身边。

我现在还得写几封信。你们会原谅我的，对不对？另外，现在也是打烊的时候了。我们很快就会再见的，肯定的，肯定的。"

施滕卡和埃尔基站在大路上，听到门在他们身后关上了。

埃尔基谨慎地从侧面端详施滕卡，觉得那张眼睛斜视的脸好熟悉。他相信很久前遇见过这人，但不知道是什么时候。他匆忙在记忆里搜寻，但记忆抛弃了他。也可能是我搞错了，他想道，兴许是这人与我以为的那人长得像而已，我搞混了。可是，当施滕卡镇定地望着他，问他现在做什么，一边用手指捏着耳垂时，埃尔基就肯定他没有搞错。要是记忆管用就好了！

一声枪响撕碎了夜晚的宁静。"怎么回事？"施滕卡问道。"没啥特别的。经常开枪的。我想，我们最好是去我那儿。"埃尔基伸出他短而粗的手指，要帮他的同伴解除负担拎箱子。后者摇摇头。

"不用，谢谢，箱子里没啥东西。就一件衬衫和一些小玩意儿，加起来没有一只苍鹰重。你与莱奥住在同一幢房子里吗？"

"是的。"

"你们合住？"

"不是，我只有一个小房间。站在窗前可以看到花圃里。夏天很漂亮。你想在我们那儿干？"

"对。"

"很好。我们的活儿实在太多了。"

他们走过空荡荡的集市广场。监狱门外有一群一群的孩子，他们手指小小的铁窗，嘻嘻哈哈。一名金发少年塞着假胸，双手别在背后，在人群里走来走去，模仿教师的样子，突兀地一个个提问。被问的人如果不立马回答，他就用食指指着对方，喊句什么，所有的孩子听后又笑又叫，望向小窗，希望人家理解这个娱乐。

大门口的民兵队员枪膛朝下，每呼吸一次，他宽宽的皮腰带就吱嘎一声。中午，在他站头班岗时，见到孩子们这么做他曾经笑过，现在他几乎不再理睬他们。老是同一个笑话。

一辆孤单的卡车哐当哐当地驶过集市广场，在监狱大门外停下。哨兵按墙上的门铃，老远就能听到电子门铃的金属叮当声，一种急剧、警告的惊叫。两名系着又宽又脏的皮围裙的男人走出来，拉开车门，将大块新鲜肉扛上肩，运进监狱：半片猪，牛腿，血淋淋的牛肚和肋条。温暖的肉味升起，缓缓扩散开来。太阳逐渐藏到松树背后。一个年轻、愉快、抒情诗般的春天笼罩着芬兰，它从北方突然袭来，猛然变成一个暴君，冷淡地统治着乳白色的大腿和乳房、关闭的心扉、无言的花草，更统治着年轻的少男少女与肉体和精神不停地怦怦跳动的激情。让血变浓稠的严寒被赶走了。骤然变化让严寒大伤元气，春天夺走了严寒用来驯服肉体的鞭子。

埃尔基带领他的同伴来到一座二层楼的、看上去阴森森的房子前。大门右侧有扇橱窗，窗后的陶罐和金属桶里长着部分健康、部分已显得病恹恹的花卉，它们布置得很奇怪：花被不完整的野郁金香；叶片宽大、肥厚的欧洲金莲花；獐耳细辛；据说是源自彩虹的布哈拉鸢尾；齿状的虞美人；大花朵的芍药，有部中国编年史里称芍药价值"百两纯金"；间或还有箭状、性感的海芋。

大鸟恐怖地嘎嘎叫着飞过集市广场上空，飞向松树。

"走吧，"埃尔基说道，"我们上楼去。我们得合住一个房间，因为没有别的办法安置你。但愿莱奥马上回来，这个该死的吝啬鬼。"

他们走进一个地面不平、用烧制的红砖铺成的门厅。门厅里味道怪怪的；老房子、花卉、一面淡绿色的镜子和花盆里的黑色软土似乎合成了一种气味。通向楼上的楼梯吱嘎吱嘎响。不知从哪里射来一点光亮，帮助眼睛找到一条路。

"你抓紧栏杆。"埃尔基说道，自己沿楼梯迅速跑上去。刚到上面，忽然有个女人声音叫道："谁呀？您等等。我马上来。就一会儿。我已经到了。好了。"

一位中年妇女站在他们面前，她臀部又宽又肥，光着脚踝。她穿件无袖印花布罩裙，你可以发现，罩裙是匆匆套上身的。双脚插在一双破旧的毡拖鞋里。

"哎呀，是你啊，埃尔基。"她娇滴滴地说道，"我正准备上床。"她身体挤上前来，往后一抹头发。"你带着人？"

"是的。"埃尔基说道，"这是……"

"我叫施滕卡。"拎纸箱的那人说道。埃尔基感觉他的同伴在撒谎。他的记忆又开始工作起来,可他就是想不出他什么时候遇到过这个人。

"是你朋友?"女人问道。

"你可以这么说。他将帮助我们干活。他懂点种花。"

"他与莱奥谈过了?"

埃尔基不再回答女人,打开他房间的门,扯着俄罗斯人的袖子将他拉了进去。房间里几乎没有陈设。一面破镜子挂在一根一半钉在墙里的大钉子上。门内侧挂着的显然是埃尔基的工作服:一条破裤子和一件线缝开裂、有些部位油光光的夹克。窗前摆着一张用箱子拼起来的床,脚头有张铁支架小折叠桌。一只箱子翻倒在地当座位,另一只用作盥洗台。

施滕卡想说什么,但埃尔基打个手势示意他暂时不要讲。他压低嗓门,让俄罗斯人很难听懂地解释说:

"呸,这个该死的女人!我每次经过她门口,她都问:谁呀?您等等。然后穿着她的很暴露的罩裙钻出来,娇滴滴地笑:哎呀,是你啊。我正准备上床。——在我的记忆中,她每次都是正准备上床,无论是在白天还是夜晚的什么时候。她是个寡妇,曾经做过莱奥的情妇。现在他只是在忍受她。呸!她早就在打我的主意了——你记住,她也会试图勾引你的。噢,你的纸箱我们可以暂时放到桌子下面。"

埃尔基在床帮上坐下来,蜷曲起双腿。施滕卡手指捏着一只耳垂,斜视的眼睛望着花圃。他不敢向他的新伙伴打听马托乌斯基，这座花圃曾经是马托乌斯基的。他很高兴找到一个埃尔基这样的人，会主动向他解释他还不是很想知道的一切，他显然很喜欢向这位未来的同事透露各方面的内幕。

"你结婚了吗？"俄顷，埃尔基问道。

"没有。你干吗问我这个？"

"我以为你可以给我讲讲女人们。因为我认识一个女孩，你知道：她勤劳，正经，褐色的眼睛……"

"你们上午什么时候开始去花圃里干活？"施滕卡打断他。

"很早。或许太早了。五点钟。你有可能遭遇这样的事，你正在做个美梦，跟一个姑娘单独在某个地方——也许你正向她伸出双手——这时有巨大的手指摇晃你的肩，摇得你以为你所有骨头都要断了，同时一个声音对着你耳朵喊：起来，你这头安哥拉牛，你还想睡多久？！睡够了吧，老滑头！——你知道，是谁这么嚷吗？"

"不知道。"

"莱奥，那个老吝啬鬼。——可是，我认识一个姑娘，你知道，她勤劳，正经，双腿滑润。当老政府还在执政的时候，那是个了不起的姑娘。当时我们想结婚的。现在我们有个新村长……"

"这位新村长叫什么？"

"我们叫他灰衣人。我们这么叫他，因为他老是穿着灰裤子灰夹克，头剃得光光的，看上去灰灰的。"

013

"嗯。那姑娘现在为新政府效劳?"

"是的。她接受了人家灌输给她的东西。从此生活中就只有她的工作和一些怪念头。我竞争不过它们。我曾经很爱她,是的,我们本想结婚的。什么都商谈好了。"埃尔基的声音越来越低。他在想那姑娘,想象她坐在打字机旁,严肃、勤劳、疲累过度,低垂着白皙的脖子。

俄罗斯人坐到一只箱子上,两人都不再吱声。暮色穿过窗户悄然挤进来,挂在钉子上的破镜子模糊不清。室外恬静温暖。隔壁的寡妇在哭泣。她的哭声嘶哑、泪汪汪的,不时停一停——很可能是她咬着被子——然后又透过薄薄的隔墙钻过来。

后来两人听到了回响的脚步声,那只能是一个巨人的脚步声。有人越过集市广场走过来。

"这是莱奥。"埃尔基低声说道,坐在床上。

几秒钟后楼下的门就被拉开了。施滕卡打了个哆嗦。他相信现在就能感觉到那个他想为之工作的人的响亮呼吸,它充满了整座房屋。寡妇嘶哑的号哭戛然而止,再也听不到了。埃尔基慢步走向房门,好像在等着被叫下去似的。施滕卡也站起来,从桌子下面拉出他的纸箱,拎在手里。这时传来一声喊叫,那么用力,门几乎自行打开了。只喊了一声,就足以让人站立不稳了:

"埃——尔——基!"

被叫的人猛地拉开门,冲下吱嘎响的楼梯。莱奥站在楼梯转角处:身高两米,腰肥体胖,眼圈儿红红的,小眼睛闪烁不停,双手肉嘟嘟的,有盘子那么大,厚嘴唇,双下巴上的胡子没刮干净,头发上搽了润发油。他穿着巨大的鞋——罗斯科夫称它"童棺"——宽松的褐色格子裤和一件内翻的皮袄。

由于莱奥用身体堵住了门厅入口,埃尔基在他面前的楼梯上停下来。

"喂,你这个有袋目动物,"莱奥(他喜欢用动物做比较)说道,"你将风信子搬进去没有?"

"搬进去了。"埃尔基回答说。

"你给它们浇水了吗?"

"浇了。"

"好,我们不谈这个。我相信你讲的是真话。——我跟村长谈过了。他今天夜里要去船只那儿干活……下面……在湖边……你也去……当然是去帮他。你带工具去:刀子、钻子、锤子……好,我们不谈这个。有什么新闻吗?"

"有。"

"什么事?"莱奥问道,将他的体重从一条腿倒腾到另一条腿上。埃尔基设法避开那对眼圈儿红红的小眼睛,将身体撑在楼梯栏杆上。

"有个人,很懂养花。他自己在家里种植蓝蓟。他想在我们这儿工作。之前他是在一家锯木厂负责核算工资的。"

"我们可以用得上……他在哪儿……他想要什么?"听到这里,施滕卡走出埃尔基的房间,手拎纸箱,慢慢走下楼梯。

莱奥往旁边让开一步,空出位置,让陌生人走到过道上。他对埃尔基说:"你可以找好工具……你得抓紧时间……"说完又转向施滕卡:"你到店里来。"

俄罗斯人默默地跟随他进去。莱奥点燃一支蜡烛,用它自己的蜡将它固定在桌子的一角。花卉在墙上投下特别的影子,施滕卡观看它们很久。

"好吧。"莱奥声音洪亮地说道,"你想在我们这儿工作?我们需要一个懂点养花、又会算账的人。不过我们不谈这个。——花卉像小鸟或年轻女孩一样敏感,你在路过时可以折断它们。噢,这么一捧花肉!"

莱奥将他的大手伸向一朵野郁金香,掐下它的头,贴近上唇,闭上眼睛。

"它们始终一丝不挂。"他呼哧呼哧地说,"一丝不挂,麻痹人。让你欲仙欲死,直接跌倒,躺在地上。噢,这香喷喷的畜生。我真想将它们的头全部掐断,全部!"

他的眼皮在跳动。施滕卡斜视的黑眼睛严肃地望着他。

"是谁创造的它们。"莱奥嘟囔道,"大概是有人创造了它们……肯定有人创造了它们……否则它们不会存在。问题只是,是谁想到这主意……这个奇想……这不是一位教师,不是……但圣母马利亚……有些花的茎像姑娘的大腿。"他顿了顿,从一只花盆里揪出一朵长茎的花,缠在他那粗壮的手腕上。

"根本没有区别……绝对没有!"

他霎地张开眼睛,挠着腋窝,目光呆滞地看着施滕卡。

"好了。"他怪声怪气地说道,"我们不谈这个。我们需要一个懂点花卉的人……你懂一些,这我从你的头看出来了……你想要什么……我指的是钱。"

施滕卡想起罗斯科夫给他的建议,但他决定不听从那个建议,只要求一个足够的数目。

"一百二。"他低声说道。

"什么?"莱奥喊道,"一百二?这笔钱我能找到三个人!我们不谈这个。你拿上你那滑稽的箱子离开吧。快走快走!"

当施滕卡站在门口时,莱奥又叫他回头。

"我给你一百。"他说。

"行。"

"那就一言为定!你今天就在我们这儿开始干。我们很早起床,但你会习惯的。你去楼上找埃尔基,与他合住一间房。他是个善良勤劳的小伙子。我相信,你跟他会合得来。隔壁住着一个女人,她与你们不相干。"

他用双手碾碎野郁金香的头,将余下的部分掷向一朵芍药的影子。然后他喊得那么大声,让施滕卡背上都起了鸡皮疙瘩:

"埃——尔——基!"

门被猛地拉开了,埃尔基出现在店堂里。看样子他在外面过道里偷听来着。

"你到底叫什么?"莱奥问新来的那人。

017

"施滕卡。"

"好。你给他用箱子搭张床,埃尔基……但不是现在……他今天可以睡你的床上……你马上走……你……"

他的话被打断了。有人在使劲拍打门。莱奥的脸上掠过一丝轻蔑的微笑。拍打越来越用力,门板都快被拍碎了。

"开门。"

埃尔基"咔嚓"一声,转动钥匙。钥匙是赭色的,很大,可以用作武器。施滕卡手拎纸箱,望着门口。风吹进来,惊得蜡烛尖细的火光一跳,不安、狂野地忽闪起来,将紊乱的小小影子反射在莱奥搽了润发油的头发上。埃尔基退回过道的墙边。黑暗中钻出一个身穿民兵紧身制服的男子,他手握一把光泽暗淡的左轮手枪,迟疑地走进不安的烛光。施滕卡发现了他身后另外两人的轮廓,他们站在门外。

莱奥眼圈儿红红的小眼睛恶狠狠地瞪着那位民兵成员,对方在认出花店老板之后,将手枪插进了一只沙沙响的皮套里。

"什么事?"莱奥声音洪亮地喊道。

"你们来这里干什么?你们险些打烂我的门!谁来赔……你以为你们对谁都可以这样做……还是怎么回事?……权力,这是你们想要的,但在我的房子里不行……自打成了军士以后,你就越来越厚颜无耻了。"

军士双手握着锃亮的腰带搭扣,说道:

"我奉命搜查佩科的所有房子,一座都不可以漏掉。我们打坏了罗斯科夫的门，因为他不肯开门。他站在窗前喊：已经打烊了，啥喝的都没了。他不肯相信我们找他是有别的目的。"

"好吧。"莱奥嘟囔道，"有什么事？难道你们想逮捕我吗？"他恫吓地笑起来。

军士的眉毛在鼻根上方长在了一起，他的胳膊很长，某些方面像只猴子。他眼里透着一定的机灵和凶残。

"有个人从我们手里逃跑了。"他讥笑道，露出大大的黄牙，"一位教师，我们已经将他关起来了，鬼知道他是怎么逃掉的。我相信他是从铁栅之间挤过去的。他应该胸脯窄小，但很有力气。我们要是抓到他，就吊死他。"

埃尔基还站在昏暗的过道里，他望了望施滕卡。他的记忆突然管用了。当军士提到"教师"这个词时，他明白了。施滕卡只有一个，他回忆起来了，几年前见过此人。

"好了，"莱奥对军士嘟哝道，抬起他的大手拍打一只甲虫，虫子"啪"的一声落到地上，"你们相信，那位教师还在这儿，在佩科这儿？"

"这实际上不大可能，但也不绝对排除。他也许认为，比起其他地方，这里不会找他。"

"他是佩科人吗？"

"不是。他们将他关在了卡拉。他也是从那儿逃走的。"

"那你们知道他长什么样吗？"

"不知道，这就是说，我们大体还是知道的。他个子不高，身材瘦小，有……"他的目光落在施滕卡身上，"那——就像那个人，我想象的他正是这样子，只不过看上去比他聪明点。"

莱奥走向施滕卡，将沉甸甸的手放在他肩头。

"这位懂点养花……他在我这儿工作……从前他是在一家锯木厂核算工资的。"

"好吧。"军士讥笑着说，"我也不是这意思。但我必须搜查这座房子。这位……"他头一摆指着施滕卡，"是不是有点害怕了？"

莱奥眯起他残缺的眉毛。埃尔基知道他马上就要发怒了。

"还有谁住在这幢房子里？"

"我，"莱奥突然叫道，"我。如果你们这些安哥拉牛不立即滚蛋，我就要找村长谈谈……我们还没到这种地步……这种地步……"他挥舞着他肉嘟嘟的双手，出乎意料地抓起蜡烛，朝墙掷去。

"滚！我还没糊涂……我还清楚住在我房子里的是谁是干什么的。"

他摸黑走近军士，抓住他的皮腰带，往门口拖去。军士知道，向莱奥诉苦是没有用的：村长是他的朋友，另外要在这位花店老板的新仓库里进行理论培训。于是他没有反抗，听任莱奥把他往外拖，当听到身后褐色钥匙的金属咔嚓声时，他讽刺、尴尬地笑了笑。

莱奥背抵屋门，站了一会儿。施滕卡和埃尔基听到他粗重的呼吸。

"我们不谈这个。"巨人呼哧呼哧地，有点累坏了，他重新点燃淡绿色的、走形的镜子前的一支蜡烛。

"我对你讲了，你今天夜里要去船只那儿干活，埃尔基，你忘了吗？怎么回事……你已经找好工具了吗？"

"我正准备走。"埃尔基回答说。

"好。你，施滕卡……你跟我来。我带你去看看你睡哪儿……带上你那滑稽的纸箱子。"

埃尔基手拎工具包，走上室外的大路，另两人踩着吱嘎响的楼梯上楼。他们刚到楼上，一个女人声音就突然叫道："谁啊？您等等，我来了。"寡妇即刻穿着无袖的印花布套裙出现了。

莱奥张大嘴巴瞪着她，说："哟，是我。你没料到吧？有什么新闻吗？……已经是春天了……你发觉了吗？……现在你的脚终于要暖和了。"

女人双臂交叉胸前听他说，然后意外地转身钻进了她的房间。莱奥的宽唇上浮起同情、狡黠的讥笑，然后将表情讳莫如深的俄罗斯人推进埃尔基的房间。施滕卡听到他重步下楼了。

窗户还开着，室外暖融融的。月亮跪在曾经属于马托乌斯基的花圃里。施滕卡和衣在箱子拼成的床上躺下，凝神静听。到处都睡着了，只有隔壁房间里传来寡妇嘶哑的哭泣。施滕卡双手摸摸他的窄胸。有几个部位还在痛。最后睡眠终于悄悄地征服了他。

第二章　尝试飞翔

　　虽然村长在湖边等他，埃尔基并没有直接去湖边。皓月当空，当埃尔基横穿集市广场时，他能够清楚地认出监狱的哨兵。哨兵在抽烟驱赶蚊虫。狱墙投下斜影。

　　埃尔基慢腾腾地走着，边走边想：我当场就知道他不叫施滕卡……我知道，他根本没在一家锯木厂里工作过……他这辈子也从没到过俄罗斯……他是卡拉的……一所学校的……教师……他教过我们语言和植物学……我一见他就觉得他面熟……这已经是好几年前的事了……可是，当他手指捏着耳垂时……军士是个傻瓜……可我什么也不会讲的……上帝保佑……实际上他不关我的事……毕竟他只是想活命……我认为，那就让他活命吧……军士绝对是个傻瓜……他在一座富裕的小屋前停下脚步，注视着一扇亮着灯的窗户。她现在会在做什么呢？她会不会还在看书或工作？应该给她个意外，应该在她最意想不到的时候走进她的房间。对！他谨慎地按下大门把手，站在她的房间门外。钥匙孔被堵住了，没有灯光落在黑暗的过道上。打开房门吧，他对自己说道，你又不会出什么事。他抓住门把手。门悄悄打开了。一个姑娘站在一张铁制盥洗台前：身体半裸，双腿修长光滑，肩膀浑圆，短头发，右耳上方有道宽宽的伤疤。有一刹那，埃尔基奇怪她怎么没有留长发，遮住疤痕。她从肩上褪下了内衣背带，拿一块浴巾围着臀部。她闭着眼，头弯在搪瓷盆上方，将一块海绵浸到水里，挤干，再让它吸满水，然后用它润湿她的脸庞和脖子。埃尔基站在她身后几步远的地方，一动不动，含笑欣赏着。他相信能闻到肥皂和肩的味道。他眼睛盯着她脖颈上的毫毛，当她挤干海绵时，他能看到小小的乳根。

这时姑娘感觉有人在观察她，飞速转过身来。

"埃尔基？"她叫道，声音里可以听出一丝薄怒，"你想干什么……现在这时候？"她的褐色眼睛吃惊地盯着入侵者，不敢相信自己。

"我要去船只那儿。"埃尔基慢条斯理地说道，"灰衣人在那儿等我，我要给他送工具过去。你这儿还亮着灯——你害羞吗，曼佳？"

"不，为什么？我们又不是不认识。"水滴从她脸上往下流淌，在下巴上汇集，滴落在地面。

"你要待很久吗，埃尔基？"

小伙子不吱声，严肃地看着她。

"你知道，因为我很累了。我这几天忙坏了。"

"我一点不累。"埃尔基讽刺说，"莱奥允许我连睡五天五夜。我感觉像一只春天苏醒过来的小松鼠：还有点心里不踏实，但精力充沛。"

姑娘披上一件外套，在床帮上坐下来，双手插进腿间，抬头看着他。

"你不想坐吗？"她问道。

"我不想妨碍你。"他说道。

"你没妨碍我。"她说。

"看得出来。"他说道。

"你别开玩笑了！"

"我不是来开玩笑的。我是想看看你怎么样，工作怎么样。你还干得很开心吗？"

"当然。"她简洁地回答，晃着双腿。

"你能亲我一口吗？"他问道。

她摇摇头。

"为什么不能？"

"因为你取笑我。你很清楚，我对我的工作怎么个想法。"

埃尔基脸色一变。"我知道你对你的工作是怎么个想法。"他说道，"我亲身体验到了。当我问你'我们明天见面吗'，你总说后天。当我请求你礼拜天去我那儿时，你礼拜二才来。"

"那又怎么样？"

"你不觉得怎么样，问题就更严重了。要我告诉你我什么看法吗？"

"你说吧，虽然我知道你要说什么。"

"现在是你在笑话我，曼佳。但这个嘲讽是不合适的。"

"为什么不合适？"

"因为你没有理由这么做。你对新政府的热情让你显得可笑。你接受了他们灌输的东西，听任他们利用。你忘记了，除了工作还有别的东西。"

"比如说，什么呢？"她挑衅地问道。

埃尔基迎着她的目光，说："我们的婚礼。"

曼佳看着她的脚尖。

"你错了。"须臾之后她说道。

"有可能。我看错你了——别再说你累坏了，想上床睡觉了。我越来越认为，我的等待毫无意义。我不知道，或许生命中的每一个等待都毫无意义。当你年轻时，你认为人老后不可能有别的看法。——可我现在根本不想对你这么说。"

他躲开她的目光，看着她耳朵上方宽宽的疤痕。

"你明天有空吗？"片刻之后他问道。

"我不知道。明天办公室的人要来。"

埃尔基听后没再吭声，转身走了出来。拎工具包的手麻木了。他在黑夜里顺着道路往前走，经过罗斯科夫的暗中守候的客栈，然后沿着狭窄的溪流往前。月亮坐在丑陋的石头上休息。溪流精力旺盛，它不知疲倦地从粗大的松树根之间挤过，当感觉受到限制时，它就扯下一块土壤；它冲刷石头，不让它们挡道，它不怕这种艰难，只为获得一种可疑又可笑的享受：融入一座湖泊，变成无名氏，永远过一种隐姓埋名的生活。

埃尔基加快步伐，补上耽搁的时间。他只需要顺着溪流走，就能到达目的地。溪流穿过一块草地，穿过桦树林育林区，穿过松树林，在林中空地旁与湖泊结合到一起。船只被从水里拖了出来，龙骨朝上，像沉睡的大型动物，卧在沙滩上。

快到林中空地的时候，埃尔基在松树的树影里站了会儿。水边坐着一个男人，那人眺望着月光下幽灵般苍白地浮在水面上的一座小岛。有谁惊扰了一只贼鸥的休息，它沙哑地叫着从芦苇里飞起，两次从林中空地旁掠过，落到一棵松树上，红眼眶里的眼睛张望着水边的那人。那人虽然背对着埃尔基，却一定发觉了有人正在走近，头也没转地说道："喂，过来吧，你干吗站在那里看着我的脖子……我早就听到你来了……你不守时，埃尔基。"

"我没法来得更早。"埃尔基说道，走出树荫，"有位教师逃出来了。我正要离开，民兵过来了。他们搜查了房子。"

"原来是这么回事。——你带工具来了吗？"

"带了。"

"这些船今天夜里就得弄完。你拿把刀子，刮净船壁。或者，你有没有碎玻璃？碎玻璃更合适。"

"没有。"埃尔基说道，"我没带碎玻璃来。我一激动就没想到。"

灰衣人抬手摸摸剃得光光的后脑壳，抓起一把刀子，用大拇指摸摸刀刃，试试它是否锋利，然后"嗵"一声在一艘船旁跪下，动作粗重、一下一下地刮削船板。他眉头紧锁，头颅像蜥蜴吐舌一样前后摆动着。

一会儿后，埃尔基问道："他们会抓到那位教师吗？"

"是的。也许都没必要抓他。"

"为什么？"

"他会作茧自缚。他会撒出安全网，自己陷在网里。"

"你相信吗？"

"我不知道。"

两人不再吱声，继续干活。埃尔基想："我可不会讲什么……上帝保佑……首先他没有伤害过我……其次他也想活命……我当场就知道了，我曾经见过他……他会让人难过，虽然他是一个人……正因为他是一个人……好吧，如果莱奥发觉，他会打死他，如果他得知我什么都知道，我的遭遇也不会好到哪儿去……但是……他又怎么会……他又怎么能知道呢？这不可能。"

村长干活比埃尔基快，虽然他一直在用一只手驱赶虫子。他右手握刀，左手拍打汗水淋漓、肌肉发达的脖颈，拍拍额头下方，或者迅速地挥手一抓，在他的灰裤子上搓搓掌心。快要干完时，灰衣人说道：

"你口袋里还有烟吗？这些虫子将我折磨得太狠了，这些长腿的喷毒器。我要对着它们的嘴里喷吐烟雾，让它们失去攻击的乐趣。"

"有，我有烟叶。"

埃尔基直起身，走向对方，村长也站起来，手里拿着一支烟斗。

"烟叶好不好？"

"我不知道。"埃尔基回答说。

"你不知道。"灰衣人边等边说，"你不知道这烟叶好不好？喏，给我吧。"

他装满一烟斗。埃尔基已经从口袋里掏出了打火机，多次转动小齿轮，直到跳出火花，点燃机芯。火光摇曳，将有趣的影子投映在他们脸上，当灰衣人不是拿烟斗就火，而是突然猛吹一口时，火苗疯狂地伸长，在细长的小孔上方跳动。火苗熄灭了。埃尔基张嘴想问，但灰衣人将一根指甲开裂的宽手指放到抿紧的唇上，示意他这时不宜发声讲话。贼鸥沙哑地大叫一声，从松树上飞起。埃尔基发现村长的手紧握着刀子。

"有人？"埃尔基低声问道。

"别出声。"灰衣人命令道，盯着松树散发着霉味和松脂味的树影。清晨已经湿淋淋地潜伏在树木后面，敦促地向强行冲向草地和灌木丛的露水眨眨眼睛。鸟儿用它们的语言交谈起来，开始永恒的求爱或检查树叶和树枝，看是不是哪里有个早起的昆虫胆敢钻出来。

这时森林里传出响声,像是有人在强行穿过下层树丛。枯死细枝的折断声传进两人的耳朵里。有一阵子埃尔基想,那也许是施滕卡,那个教师,在趁着夜色悄悄逃离佩科。响声越来越清晰。灰衣人突然摸摸剃得光光的后脑壳,大笑起来:一个皮袄特别破烂的怪人走出阴影,来到林中空地上。他的衣服上沾着树叶。为了不让皮袄散掉,他在肚脐和胸脯位置用绳子缠着身体。绳子下面插着许多粗粗的菖蒲根,像是新采摘的,因为根尖上还有水滴落到林中空地的沙子上。那人头很小,头发一缕一缕的。他左手攥拳,右手拿着两根褐色大羽毛。

埃尔基不相信地望着钻出来的那人,十分惊奇地摇摇头。

灰衣人忍住沙哑的笑声,低声问道:"你不认识他?"

"不认识。"

"他是彼得鲁卡,是个疯子。他那样子,能够吓人。据说他曾经是个僧侣,现在住在湖畔的一座芦苇棚里。他一直在寻找他的弟弟。——嗨,彼得鲁卡!过来!"

灰衣人从埃尔基手里拿走打火机,点着他的烟斗,双腿交叉,倚在一条船的船身上,微笑起来。

疯子慢慢地向他俩走来。他在沥青桶前停下,弯下身闻闻,将一根手指插进黑色沥青,又在皮袄上擦干净。然后他将两根羽毛插进沥青,再将它们贴到额头上。他的眼睛在眼窝里不安地忽闪着。他再次确认羽毛牢牢地粘在额头上后,爬上一条船,扯出一根菖蒲根,咬一口,用奇怪的号叫的声音说道:

"先生们！所有人都是大鸟！先生们，你们只需要将头挂在云上，将头升到云层的上方，那你俩，先生们，就是鸫鸟、乌鸦或鹳鸟了！"

一种刺耳的号叫声从胡子之间冲出他的嘴，他的胳膊模仿着飞翔姿势，跳到沙滩上。在他落地时，两人听到一声清脆的叮当响。那人站起来，嚼着菖蒲根，慢步走向埃尔基。

他说："年轻先生！昨天上午我遇到了春天。它站在一张长椅前，已经在为它的冬游切肉干了。人在年轻时应该旅行——咦——！"

号叫声紧贴着埃尔基的耳朵发出，吓了他一跳。他不由得想起施滕卡。

灰衣人吸着烟斗，笑呵呵的。他拿鞋底挡住一只绿莹莹的甲壳虫的路。当那动物想往回爬时，村长抬起脚后跟踩它。

彼得鲁卡在埃尔基身后弯下腰，那里的一条船上放着一把刀和一把锤子。

"刮，"他忽然说道，"刮，刮。刀子是用来切胸膛或面包的。这儿的人用玻璃刮。"

他从背后掏出一只包包，手插进包里，从中拿出一把斧子，还有金属盒、抹布、羽毛和几片碎玻璃。他匆匆地将碎玻璃递给埃尔基。

"用它刮。"他号叫道，又将其他东西塞回包包里。灰衣人点点头，呢喃说："好，很好。"

老头突然转身，伸长小脑袋，鼻翼翕动，贪婪地吸气，像个饿急的人想靠空气饱腹似的，然后他尖叫道：

"风动身离开了。现在船可以下水了；他们在岛上嗅不到你们。那些僧侣，那些长胡子的国王！划船去他们那儿！他们会像那位——"他望着天空，"生活在纯净的空中，在洁白神圣的空中。但他们没想到，没人能在纯净、透明的空中生活。在那儿你得像沙滩上的鱼一样死去。这空中只是为他造的……咦——！"

他看着灰衣人，低声说道：

"你看上去就像革命是你的情妇似的；一个胖女人……"

村长将指甲开裂的手指按在抿紧的唇上，目光冷冷地看着疯子，突然嚷道：

"住嘴，你这有胡子的笨蛋，闭嘴，不然我要揪着你的头发将你吊起来。那时你就可以像被用桩子钉住的青蛙一样挣扎了。"

老头胆怯、等待地望着灰衣人。当发觉对方只是威胁，并不想伤害他时，他小步走向埃尔基，紧挨着站在他面前。像在回想似的，他闭上眼睛，天真地晃起他的小脑袋，最后重新抬起眼皮，伸手抚摸埃尔基微红、拳曲的胡子。

"年轻胡子。"他说道，他的号叫声像出了毛病的警报一样断断续续，"胡子里藏有神秘的故事，防止被太阳烧伤，对不对？"

灰衣人又吸起烟斗，微笑不语。

"我的耶稣啊，"老头说道，"胡子不能像衬衫一样脱掉，你若不切断它，它就一直粘在喉头上。我的耶稣啊，黑夜在树枝上荡秋千。"

"好。"灰衣人哧哧笑，"他是个疯子，但这话说得好。"

埃尔基安静地站着，听任老头用手摸他的胡子。

彼得鲁卡说道："你年轻，你打哪儿来？你父亲身上有洋葱味，是吗？"

"我是在卡拉出生的。"埃尔基回答，后退一步。

"噢，卡拉；在卡拉降生人世，这主意不错。你父亲大概是一座教堂塔楼吧？"

埃尔基咬紧牙，头部不耐烦地扭了扭。他嫌老头讨厌。

"你父亲是得肺结核死的吗？我的耶稣啊，一个人如果病死于肺结核，他就像草秸一样枯瘦。"

埃尔基默默地望着那人的额头，想：他发烧，他有病，应该送他去医院。

村长弯腰爬下船，手持刀子走向彼得鲁卡，说道：

"别再这样愚蠢地喋喋不休了——你母亲要是听到这些话，马上就会患痛风受折磨的。你还有母亲吗？"

老头胆怯地不吭声了，望着沙子里。

"你还有母亲吗？"

"没有了。"

"你看样子就没母亲。谁有母亲，就有了一半财富。你还有母亲吗，埃尔基？"

埃尔基摇摇头。

"我也没有了。"灰衣人咧嘴笑笑，"我一出生，她就不管我了。我都不知道她长什么样……"他摁死一只昆虫，在裤子上擦擦手。

"你相信你弟弟还活着吗？"

彼得鲁卡点点头。

"他还活着。"他号叫道，"他躲在房屋背后，躲在树木后面，躲在灌木丛后面。他与灌木丛生活在一起。"

"他找他弟弟干什么？"埃尔基低声问村长，"他干吗要找他？"

"你到底为什么找你弟弟？"灰衣人大声问老头，"你找他干什么？"他抬手摸摸剃得光光的后脑壳。

老头忍住一个嗝，望着他那双被刮破的脏手，神色惶遽地讲道："当我不得不离开十二年时，我对我弟弟说：'你可以帮帮我妻子。她孤单一人，孤单得像只苍鹰……'咳咳咳……我当时刚结婚。我弟弟搬去了我妻子那儿，帮助她。但这是我离开后才获悉的——我去了很远的地方。在世界的驼背后面。但我的斧头留在家里，它不可以一起……回家时，我想带给妻子一只黄色的碗。我的耶稣啊，一只新碗……它现在坏了！"

"碗怎么坏了呢？"村长感到好笑地问道。

"我将它打碎了。先生们,那碗必须死去。它破碎时没有发出很大的噪声。它只是'当啷'一声……当我回到家,走进厨房时,一个小女孩坐在灶旁我妻子身边。这孩子不是冬天带给她的,我想,冬天不带孩子来。'你哪儿来的女孩?'我冲她嚷道,'她是谁的?'孩子望着我哭了。我妻子哭着说道:'是你弟弟的!'

"'我弟弟哪儿去了?'我喊道。'我不知道。'她说道。于是我摔碗了。先生们,它肯定只'砰'地响了一声。我想砸中妻子,但她往旁边一闪,碗摔碎在灶上。我的耶稣啊,那碗就在小女孩的头旁摔碎了;我亲眼看到血如何从她耳朵上流下来。美丽的血。不是绿色的,它是红色的。像贼鸥的眼眶一样红。"

灰衣人笑了笑:"从此你就一直在寻找你弟弟,那个运木工?"

彼得鲁卡点点头,从包里拔出他的斧子。他突然号叫起来,摇摇摆摆地跑回森林里,村长冲着他的背影哈哈大笑。

"他是疯子,"一会儿后灰衣人说道,"他彻底疯了。"

埃尔基呼吸急促;老头的号叫还在他耳朵里回响。

晨曦大胆地钻出,宛如对黑夜的一次悄然袭击。黑夜像只没有风扇的笼子,晨曦似乎带来了新鲜空气。

"我们走吧。"灰衣人说道。他盯着岛屿方向,等候埃尔基收拾好工具。

"罗斯科夫的店是不是已经开门了?"

"我相信是的,他今天几乎一夜没睡。"

"为什么?"

"民兵砸坏了他的店门。"

村长冷笑一声。"这样更好。那我可以马上去喝杯烧酒。好,很好!"

他们沿着溪流走回佩科。当他们来到罗斯科夫客栈前的小木桥上时,天色已经亮了。灰衣人在栏杆上拍干净他的鞋,脏物落进溪里。埃尔基看着他。

"人最容易摆脱自己的束缚。"村长引用道。这是他从不知什么地方学来的。说完他向客栈走过去,在一块黄色瓷牌下站住,牌子上是西部的一家啤酒厂在吹嘘它的啤酒的质量。一个五十来岁的胖子,发亮的鼻子小而微翘,胡子梳理得整整齐齐,正在喝酒。牌子上方爬着一只蜘蛛。灰衣人扫下蜘蛛,拿脚后跟把它碾死了。

"你不想一起进去吗,埃尔基?"他问。

"不了,莱奥肯定已经在等我了。"

罗斯科夫的头从一扇窗户旁钻了出来。他用一块布擦拭着他的须疮,低头看着村长。当发觉村长想进去找他时,他从窗前消失了。埃尔基弄掉鞋上的灰尘和黏土,独自继续走。他不必跟谁打招呼,因为这时辰路上一个人也没有。太阳已经在宣告它的到来,第一束阳光照在他的背上。监狱前站着两名哨兵:一个在啃自己的指甲,另一个抱着枪,在吸烟。埃尔基迅速望了望那些小铁窗；有些窗后面还亮着一只可靠的电灯泡。灯光里偶尔有人影晃动。那些脑袋远远看上去都很奇怪，像被浸渍过似的，就像有些野人为了纪念他们的对手收藏起来的萎缩头。当他转动那把褐色大钥匙时，它发出咔嚓的响声。花店的门锁上了。如此看来莱奥一定还在睡觉。埃尔基感觉累坏了。他将工具包扔在淡绿的、模糊不清的镜子前，踏着吱嘎响的楼梯慢慢往上走。他突然被吓得直后退。寡妇悄无声息地走出了她的房间，挡住他，不让他走上最后几阶楼梯。她显然忘记了扣上她的印花布罩裙的上半身。她拿身体挡住路，向埃尔基侧过身来。她一只手撑在栏杆上，另一只手撑着墙，光脚套在破烂的毡拖鞋里。

"哎呀，是你呀，埃尔基。"她乞求地哀泣道，将脸贴向他的脸。他无动于衷地看着她。

"你为什么不喜欢我，"她低声问道，"你是不是看不起我？"
"也许。"
"到底为什么？天哪，我究竟怎么你了？来，告诉我，你为什么讨厌我。"她让开路。

"我要是不这么累、再多点时间的话就好了。"埃尔基说道，扔下她，钻进了他的小房间。窗户敞开着，施滕卡双臂交叉躺在床上。他呼吸不均，上唇一颤一颤地，驱赶一只苍蝇。苍蝇落到破镜子上，过会儿又飞了回来。一本小册子从施滕卡的口袋里掉了出来。埃尔基拼读道："德语语法和语言学。"他小心翼翼地将书塞回沉睡者的口袋里，想：我没什么好怕的……天哪，他又没有伤害过我。

隔壁的寡妇低声哭起来。

施滕卡睁开眼睛，迷惑地看着埃尔基。然后他费劲地坐起，笑笑。

"你一夜没回来，"他说道，"你想躺会儿吗？"

埃尔基摇摇头。

"你现在当然必须睡觉，你一定累坏了。我起床。"他爬起来，走近窗户。

"莱奥哪儿去了？"

"他走了，"施滕卡说道，"昨晚就走了。"

"去哪儿了？"

"去卡拉了。"

"去卡拉？"埃尔基相信，听到这个词那人会不安的。他想象卡拉的所有木墙上都贴着抓捕教师的布告。施滕卡手指捏着耳垂。几只野鸽子飞过窗前。埃尔基对那人的沉着感到恼火。他说道："那位教师还没抓到。他似乎很狡猾，至少比他们中的大多数都狡猾。我很想知道他们什么时候抓到他。他们会抓到他的，这根本不是问题，问题只是什么时候……"

"他们会怎么对待他呢？"

"吊死，"埃尔基说道，他回答得那么干脆，让他自己都吓了一跳，"最好的情况是枪杀。"

"你知道得这么清楚?"

他点点头。施滕卡转身离开窗户,拉出他的纸箱。一条狗在路上吠叫。

"你要做什么?你要走吗?"

"不是。我想将我的手表放到纸箱里。如果依赖时间的同情,你就不需要表。我从来就没有喜欢过表。"他冷得发抖。

"你讲话像个教师,"埃尔基讥笑着说道,"你讲话就像一位教师站在他的摇晃不稳的讲台上讲话。"他眼球鼓起。"我希望他们今天就抓到他。然后我要在绞架旁占个好位置。我甚至会为这个位置付钱。教师是最危险的生物,在这儿,在这个世界上。他们完全控制着人们;他们能鼓动人,愚弄人。年轻人总是容易受影响,还有……"

施滕卡躬身站在那儿,像条警惕的狗一样打量着他。

"……家长必须自己教育他们的孩子。"他往窗外吐口痰。"如果他们今天抓到他,我要弄个好位置。这是肯定的。我们应该帮助民兵找到他。"

出现一阵静谧。一只苍鹰翱翔在花圃上空,宛如一块固定在空中的抹布。

"另外,"埃尔基放低声音说,"如果将他送上绞架,会有钱得。"

他从钉子上取下破镜子,拿衣袖擦干净。施滕卡打开纸箱,将手表放了进去。他感觉到这些话不是当真的。他该怎么做呢？如果他离开，最迟四小时后他们就会将他关起来。他想到他在卡拉的朋友，他俩曾经一起上学。他敢不敢再将他藏起来一回呢？这箱子和寒碜的衣服都是那朋友给他的。"如果你不想受怀疑，你就得装出一副寒酸样。"他朋友说道。可他说得容易，人家没有惊扰他，因为他是党员。

埃尔基突然说道："你不害怕吗？你是个教师吧？"

"不，我不是教师。我告诉过你，我曾经在一家锯木厂里工作。"

"锯木厂，噢，当然。在一家锯木厂里，树皮磨没了老趼。我一时没想到。我怎么能忘记，在县锯木厂里时间很多，可以学习德语呢！"

他们沉默不语。

隔壁的寡妇无声无息了。

苍鹰飞向松林。

第三章　彼得鲁卡

当他在卡拉附近的松树林里挥动他的斧子、拿锯子锯树时，他们将还在干活的他带走了。他们找到他，向他出示了一封文件。于是他拢开额头上的湿发，拿块布裹好锯子，包好他的斧子，跟他们走了。彼得鲁卡还听了听树梢多节疤的呼啸，听到它们膨胀，叹息着喁喁私语。他将金属工具收藏在一间歪斜的工具木棚里，让那些人等在他的小屋外，自己走进去，安慰他的不久前刚娶回的年轻妻子。他现在必须离开，十二年，去当兵，去敖德萨——那些人是这么说的。他会给她写信的。她应该向他的弟弟求助，那位运木工，他会照顾她的。彼得鲁卡说完这些，拥抱一下他年轻的妻子，出去见那些人，他们正坐在一辆车子里，不耐烦地等着他。但他们没有将他运往敖德萨，而是运去彼得斯堡，在那儿他们问他学过什么、有什么本领。

"啊呀，"彼得鲁卡说道，"我会使用斧头，使用锯子，我的目测能力很不错。"

于是他们将他派去船坞，让他在那里做木工。

半年后他在一位军官的帮助下写了第一封家信，信中他告诉她，他能吃饱肚子，但收入微薄，不过没有理由为此不安，因为再过十一年半他就会回到家里，再过十一年半。他也问了弟弟是不是一个好帮手，歪斜木棚里的工具怎么样了。最后他补充说，十二年内他不能指望休假，按规定禁止休假。

数月之后，他收到了一封回信。妻子给他写道，他弟弟现在跟她一起住，她啥也不缺。彼得鲁卡不安了一下。可后来他告诉自己，这样最好，应该这样保持下去。

他在彼得斯堡一待就是七年，他又寄出了四封信。除了最后一封，所有的信都有回复。七年——这多过他滞留在外的时间的一半，最后几年比前几年流逝得更快。

一天早晨，他被人从睡眠中唤醒了，命令他将他的所有东西装进一只包里，在包上写上号码，交出去，自己立即赶去码头。

有两艘班轮停靠在码头上，船前已经站了几个人，他加入进去。他们谈着大旅行，谈摩尔曼斯克和符拉迪沃斯托克，最后有位军官走进他们中间，大声命令这些人排队、上船。在船上，彼得鲁卡分到一张吊床，被派去站岗。作为木匠他的待遇还可以，尤其是当外面正值冬天，严寒不停地挥舞着它的鞭子时，他只需要在甲板下站岗，这让他如释重负。船当天就起航了，船体颠簸，当拖轮被解开后，它独自驶向大海。途中他们没有遇到恶劣的天气，几天后他们的船与其他船只分开，到达了北冰洋。彼得鲁卡站在船尾上层建筑的甲板上，惊奇地看着令人麻木的白色静谧,看着那巨大的冰川,它们缓缓漂浮,竖起它们开裂的、纵横交错的背。当冰层哗哗裂开时,白色的静谧不时地会被打破。海豹和海鸥在冰块上散步,昂起头对着荒凉倾听,用它们黑色、聪明的儿童似的眼睛向船望过来。有些吓得逃走了,另一些不减好奇。

彼得鲁卡想着现在该写的信,想着歪斜木棚里的工具。他们没有告诉他,要驶往哪里,他必须在船上待多久。他知道,只剩五年他就可以返回卡雷利森林了。到时候他会给予弟弟所有的帮助,他需要什么帮助就提供什么帮助。他会感恩图报的!

二月二号他们在亚瑟港的停泊地抛锚。除了他们,已经有别的船停在那儿了:巡洋舰、鱼雷艇、驱逐舰和班轮。

彼得鲁卡平生头一回见到长着细小杏仁眼的黄皮肤的人,他们敏捷地乘着小船驶近,出售他们的一些小东西。但他兴趣不大,他站在船尾上层建筑的甲板上,看着这个有组织的好玩的市场。他不知道,驻彼得斯堡日本大使馆的个子矮小、戴眼镜的官员们几天前就收拾好他们的箱子,没打招呼、未加解释就动身离开了;他也不知道,在一座相隔没多远的日本港口里停泊着已经装好弹药的、细长的深绿色鱼雷艇。

一天晚上,船上的他们刚结束欢庆,躺进吊床,世界灭亡似乎真的开始了。巨大的轰响、爆炸和喊叫吵醒了彼得鲁卡。他赶到甲板上,看到天空红彤彤的,几乎所有的船都在燃烧,有几艘甚至已经倾覆了——四面八方都有喊叫声传进他耳朵里。细长、深绿色的船在水平面上穿梭，不时地忽闪一下，几秒后尖啸声飞近，恐怖地落在一艘船上。彼得鲁卡呆立在那里，茫然不知所措，直到被一只钢手当胸一击，跌到船板上，再也不知道自己和那疯狂事件的情况了。

重新睁开眼睛时，他已经躺在一列火车里。在他的身旁，在他的上下左右，到处都躺着人，有的在呻吟，有的在哭泣。这个彼得鲁卡，他想坐起来，这时他才感觉到了胸前的绷带。他喉咙里发出杂声。他的肺一定出什么事了，他想。他躺着不动，当梦袭来，当他往下走进幻想的低谷、走进遗忘时，他就相信他是一只鸟儿，他遇到的所有人也是鸟儿，只要他们伸长脖子，将他们的头足够高地伸在云层上方。

有人用一只碗喂他吃饭，一天两次，大多是淡而无味的汤。他在这列火车里待了好几个礼拜，他计算他还要多少年才能回家，他想歪斜的工具木棚里的金属工具，想他的弟弟，那位运木工。

他们将他送进一所野战医院，那里散发着酚的味道，散发着汗水和脓水的味道。一直有人护理他，直到他能够站起来，自己端碗吃饭。那是一只不大的黄碗，在火车上他们就是用它喂他的。彼得鲁卡不再感觉痛，但当他快速讲话时，他的咽喉里就传出杂声。天暖的下午他大胆地去散步，总是去森林里。他不想写信，还有一封信没有回他呢。他很喜欢野战医院这里，虽然他偶尔也会想念工作。

一天上午，他被叫去医生的办公室，于是他得知他们要让他出院，因为他恢复健康了，但又没有健康到必须返回船上的程度。他健康得足够打发他的日子了；要他慢慢找齐所有属于他的东西，准备返乡。野战医院的东西，包括被子、换洗衣服、肥皂和餐具，他当然必须留下。

彼得鲁卡走了，将所有的东西扎在一个包包里，想着卡雷利森林。当他途中头一回打开他的包包时，他发现自己没有交回那只黄碗，而是在动身前最后几小时的忙乱中将它带走了。也许他们会追赶我，他想，追来将碗要回去，但我不会因此返回的。他坐在一辆货车里，嘴嚼着一根火柴，很高兴有这只碗，因为这碗让他至少有样东西，在离开这么久之后他可以将它赠送给他年轻的妻子。

积雪深及膝盖，彼得鲁卡手拎麻布包，穿行在森林里。湖泊结冻了。空气里白闪闪的，眼睛都被照花了。松树上——当一只鸟儿飞离或重量太重时——不时掉下一团雪，闪闪发光地舞向地面。严寒蹲坐在树皮里，无形、生硬地拥抱松脂的气味，那气味平时是甜丝丝、沉甸甸地落在人的肺上的。彼得鲁卡走得很慢，他还不习惯较长距离的步行。

她会不会马上认出他来呢？他留了胡子和长发，如果只是匆匆瞥他一眼，很容易将他当成一个老头。他提前回来了，她会说什么呢？彼得鲁卡走啊走啊，一直走到他突然停下脚步，侧耳倾听。他脚下是他从前的林区。斧声传进他耳朵里。是谁在那儿干活呢？彼得鲁卡想，现在我又回来了，他可以走了，我很快就会恢复过来。斧声暂时停止了，他继续往前走。离他的木屋不远了，他对道路烂熟于心，他相信又认出了那棵曾经严肃地低头看他的树。

树木之间已经隐隐可见那歪斜的工具棚了，棚顶上覆盖着很厚的积雪。彼得鲁卡停下脚步，从他的麻布包包里取出那只黄碗，端详着检查。他用臂肘擦擦碗沿，横穿院子。不见有人，窗户上结着冰花。他没用指关节敲门，而是直接按下门把手，突然站在昏暗狭窄的过道里。灶火噼啪作响，厨房门半掩着。他亲手敲进木头里的一根钉子上挂着他弟弟、那个运木工的帽子。门厅里静悄悄，冷飕飕。于是彼得鲁卡推开厨房门。他妻子站在灶旁，听到响声，抬起头来。她没有当场认出他来。彼得鲁卡看到她瘦了。灶旁摆着一张小凳子，凳子上坐着一个孩子，没有几岁大，是个女孩。彼得鲁卡手拿黄碗，盯着他妻子。这下她认出他来了，瘦了的双手想向他伸过来——可他说："站住！待在原地别动！"

妻子张开没有血色的嘴唇，想说什么。彼得鲁卡的眼睛盯着小凳子，突然大喊道：

"这孩子是谁的？她从哪儿来？"

妻子全身颤抖。

"我想知道这女孩是谁的？！"

"你弟弟的。"妻子望着地面，低声说道。彼得鲁卡丢下麻布包，一只手捂住胸脯。窗台上的冰花开始死去，灶膛里噼里啪啦响。"我弟弟在哪儿？"

妻子耸耸肩。

这时拿碗的那只手举起来，那黄色餐具突然向妻子飞去，她迅速闪到一旁。碗"当啷"一声砸碎在灶旁，紧挨着小女孩的头。彼得鲁卡听任他的包包掉在门槛上，转身冲出狭窄的通道，跑向歪斜的工具棚。厨房里的妻子向哭泣的孩子弯下身去，她右耳上方的一道伤口流血不止。

金属工具还在那里，与彼得鲁卡几年前用布包起、收藏进工具棚时一模一样。他抽出斧子，撕开布，擦去铁锈，一切都进行得飞快，动作狂野、笨拙。然后他走出工具棚，拿斧背拍拍棚顶，拍得雪哗啦啦落下。他没有回头看房子，而是气喘吁吁地跑进他的林区，不久前他在那儿听到过斧子声。

他很快就发现了雪地里的脚印，他顺着脚印走，直到看到一个干活的男人，那人背对着他。这就是他了。彼得鲁卡想，我聪明的弟弟，这位乐于助人的运木工。这就是他了。

"嗨，"他站在那个干活的人背后，高举斧子，喊道，"转过身来，你个鸟！"

那人转过身，看到彼得鲁卡举着斧子站在自己面前，还只是镇定地望着他。可当他发现那个胡子长长的人眼里的怒火时，便迅速往后跳了几步。

彼得鲁卡垂下斧子,喘息道:

"你在我的林区里做什么,你个鸟?你是想给春天建座小屋,还是怎么的?快拿上你的工具滚吧。不然你就脑袋不保了。你见没见到我弟弟?"

"我不认识你弟弟。"那人回答说,收拾起他的工具,塞进一只包里,拎起来走了。彼得鲁卡望着他的背影,看着他脚步沉重地踏雪往前,消失在树木之间。然后他审视地回头张望,将脸贴上一棵松树,闻闻,用斧子砍下一截,又将斧子塞进包里。他坐到一棵被伐倒在地的松树上,一坐数小时,一直坐到下午,然后往下跑去湖边。他怒气冲冲地在冰里凿出一个窟窿,手执木叉,守候鱼。同时他想着他弟弟,那位运木工,他无法将他的念头排遣去别处。"我会找到他的,"他对自己说,"我会找到这个聪明的弟弟的。"

彼得鲁卡在卡雷利森林里漫游,将树干绑在一起,横渡湖泊,以鱼和干肉为食,一夏又一夏,寻找着弟弟。

他背着斧子,不管走到哪里,只要从人们身边经过,人们就提防他或嘲笑他,笑话这个胡子长长的怪老头。在北方,他们也曾经将他关起来,放出来之后他去到办公室,要回了他的斧子,又从北方跑去南方。在芬兰,人们对他很熟悉,人人都谈论他,说他在瓦尔莫如何手执斧子,走进一座木式教堂,出来后在孩子们面前跳舞,瓜分树皮。有一回他几乎就放弃寻找他的弟弟了。那是一个夏天，在南方，那时他正在横渡大湖泊。

那回他坐在绑在一起的两根树段上，用一块木板当桨，划着船往前。他想不理睬岛屿，从湖的另一侧登上林中空地，然后穿过森林前往佩科。他已经离开湖岸好大一截了，这时云团飘来，小小的乌云。彼得鲁卡转过身，考虑返回。但这样做没有多少意义，因为回头的路比去岛屿还要远。波浪拍打着他的交通工具。于是他决定划向岛屿，在那里等候更有利于他渡湖的天气出现。

他的脚一踏上陆地，贼鸥就嘎嘎叫着，惊慌地飞起。彼得鲁卡将两根树段拖上岸，不让风吹走它们。他拿起斧子，回头张望。离他几步远有条路通向岛内，一条土路，路面有崭新的人类脚印。我还有时间，他心里想道，坏天气暂时不会结束，我要顺着这条路走一段。小水洼横卧在他的脚前，不时有风掠过，匆匆忙忙，气喘吁吁，就像一个有急事在身的人。然后小小的水面收缩，好像在苦涩地微笑。道路两旁长着默默无言的绿色和褐色的灌木，它们彼此紧挨，就像成熟的年轻姑娘伸手相握在一起。

彼得鲁卡走得很慢。天空下起雨来，雨珠打在他拎斧子的手上，打在他的脑袋上和他外翻的皮袄上，落在道路两侧蔓生的灌木丛和黄褐色的水洼里。雨水凉凉的。可彼得鲁卡并没有加快步伐。要是我现在遇到我弟弟就好了，他想，那个聪明的运木工！

贼鸥安静下来，它们再也看不到他了。他顺着那条路走得越远，路面就越宽。这时他突然看到一个人，那人捡起枯枝，在膝盖上掰断，塞进一只小袋子里。那人显得很老，头发稀稀朗朗，由于下雨，鬓发粘在了太阳穴上。彼得鲁卡慢慢走近，一直来到那人背后，对方都没有发觉他。他慢慢举起斧子，说道：

"喂，转过身来，你个鸟。你是在捡柴吧？"

那人转过身，见到面前有个陌生人对他扬着斧子，却并没有吓一跳。片刻之后他说：

"怒火控制了你。——你不会杀死我的。告诉我你要去哪里，你叫什么，我们会帮助你。"

彼得鲁卡垂下斧子，拭去额上的雨滴，笑了：

"你是条多么狡猾的老鳟鱼啊。你在讲什么废话，我听不懂你的意思，你这样讲话就开心吗，你个湿淋淋的春天？"

对方手举一根树枝说：

"你是从水上过来的，老天不想让水面平静。你现在不能继续赶路了。跟我去我们的木屋吧，我们给你吃的喝的。"

他掰断树枝，将柴塞进袋子，想将袋子背上肩。这时彼得鲁卡看到，那人脖子很细、肩膀很窄，背不动那捆柴。"好吧，"他说，"将这海鸥蛋给我吧，我替你将它背回去。"

彼得鲁卡将柴袋背上肩，手拎斧子，尾随着那人。他们很快来到一块林中空地，空地上有座较大的木屋，是用原木搭建的，接缝里镶嵌着湿木，塞着草和兽皮。屋顶盖着芦苇和苔藓，大树枝一直延伸到屋顶上方，在天空下保护着木屋。"我们就住在这儿。"那人说道，"你可以到我们屋子里去。"

彼得鲁卡在门槛外卸下肩头的柴袋，跟着他的同伴走进屋子。室内不是很亮。一条长形木桌旁坐着九个男人，彼得鲁卡发现他们个个都是短发，其中一个人正在朗读一本书。靠墙摆放着床铺，墙壁上都是光秃秃的。

朗读的那人抬起头，看到了彼得鲁卡，看到他站在那里，手拎斧子，看到他审视地环顾室内。

"埃利亚斯兄弟，"带彼得鲁卡进来的那人说道，"我在途中发现的他。他想渡湖，但上帝不想让湖面平静。于是我让他跟我走，答应来我们这儿给他吃的喝的。"

"告诉我，大家怎么称呼你。"埃利亚斯问道。

"我叫彼得鲁卡，你们这些鼹鼠。"

"跟我们一块儿坐吧，听听上帝说什么。"

彼得鲁卡不信任地在桌旁坐下来，那些人几乎不理他，埃利亚斯重新俯首他的书上，读道：

"谁拿铁棍殴打一个人，将他打死，他就是一个打死人的人，他应该死去。

"如果他扔石块砸死一个人，他就是一个打死人的人，他应该死去。

"如果他用人们会用它将某人打死的木头打人，他就是一个打死人的人，他应该死去。"

彼得鲁卡哧哧笑。

埃利亚斯不为所动地继续朗读，声音飘忽，似从远方传来。

"如果他因为仇恨推他，或因为诡计扔什么东西砸他，导致他死去，或出于敌意用手打他，导致他死去……"

这时彼得鲁卡跳了起来，抡起斧子，拿斧背砸在原木桌板上。那些人吓了一跳，有的开始偷偷祈祷。

"停下吧，你个鳟鱼。"彼得鲁卡对埃利亚斯喊道，"你个蚊子。你这是读的什么，你们是谁呀？你们这些鸟儿！你们要是想保住脑袋，就不要出声。你们这些鹳鸟。这人，"他安静了一点，"是这个轻浮鬼带我来这儿的。他要给我东西吃给我东西喝。"

他扯着他在途中遇到的那人的头发，拖近身边，将斧背搁在他细窄的肩上。

"给我拿点吃的来。"

那些人静静地围坐在他周围，双手合十，有一个人走出茅屋，又端着面包和干肉回来了。彼得鲁卡吃起来，那些人看着他吃。吃饱后他安静下来，眼里的怒火消失了。他将斧子放到长椅下面，说道：

"我想留在你们这儿，我喜欢这里。我会给你们劈柴，照顾炉子。为此你们给我吃的，你们这些鹳鸟。我也想知道你们是谁。"

于是他们告诉他，他们是僧侣，他们侍奉上帝，教他念他们的文字，理解他们的教义。他们给他讲迦南国以色列的孩子们的五十年节，讲幼发拉底大河。作为交换，彼得鲁卡拿起他的斧子，去给他们劈柴、生火。他也用木叉为他们捕鱼，为他们煮鱼。他不再想他的弟弟，那位聪明的运木工，也不再想那只黄碗。

他曾经在他们面前跳舞的孩子们再也记不得他了。怪老头似乎从芬兰消失了。当他出去时，他就将这期间安装了一把新柄的斧子留在茅屋里。

他在僧侣们那儿度过的第二个夏天，埃利亚斯死了，那些人走向彼得鲁卡，问他想不想帮死者挖个坑。"我的耶稣啊，"彼得鲁卡说道，"这又不难。"他肩扛斧子和一把铲子，去到岛的西岸，那里已经有好几座坟丘了。他在这里从早晨一直忙到小晌午，然后目光游离地走回去，告诉那些人，他们可以让埃利亚斯消失了，是的，消失！那坑够大了，只要汁液给予它们力量和新鲜勇气，用力地伸到死者的上方去，那些他不得不砍断其尖尖的松树根就会留住他，让他在世界末日钻上来时，必须忙上好一阵，才能冲破包围，见到阳光。

然后他们埋葬了埃利亚斯，另一个人，古纳尔兄弟，拿着书为他们朗读。

在埃利亚斯死去七天之后，彼得鲁卡也消失了。他在早晨拿起木叉和斧子，僧侣们相信他要去劈柴，去湖边捕些鱼。他们等他吃饭，但他没有回来。古纳尔认为，他可能遭遇了不测，他们从椅子上站起来，搜索岛屿和湖岸。但没有找到他。彼得鲁卡一直没有现身。

他们等他等了好几个礼拜，他也没有回去。于是他们认为，由于最近一段时间他眼里又有了疯狂的神色，他是淹死了，而且是自尽，他肯定用什么重物压着自己的身体，以免被发现。

他们适应了，当秋天降临，所有人都在忙着为冬天做准备时，常有那些几乎不会再想到彼得鲁卡的日子。

那些人找他找了那么久，而他本人却划着捆绑在一起的树段渡过湖，来到了船只停泊的林中空地的下游。他离开僧侣们，因为最近一段时间他一再地想到他的弟弟，那位运木工，因为寻找弟弟的愿望强烈地吸引着他。当他为埃利亚斯挖好墓穴时，他明白了，一个人可以不由自主地于一夜之间消失，而不去实现白天打算做的事情。于是他迅速做出决定，离开了岛屿。他割下芦苇搭了个栖身处，从莱奥现代化的仓库后面的桦树育林区里背来一袋树叶，铺了一张柔软的床铺。

第四章　秸秆上的逻辑

莱奥午后才从卡拉返回。他走过用烧制的红砖铺成的门厅，打开连接花圃的绿色木门。他看到埃尔基在往一辆小推车上装土，施滕卡在忙着护理一堆小火。烟柱几乎直直地升向空中。在它的上方，在很高的地方，滑翔着两只苍鹰，一副冷漠的样子，懒洋洋的，很是自负。莱奥慢步走上花圃里的小路，在埃尔基身后几步远的地方停下来，说道："喂，你个睡懒觉的家伙，你东西都收拾好了吗？"

埃尔基中断了他手里的活儿。

"我去卡拉了，"莱奥说道，"去参加一次讨论会。我们今天有客人来，夜里又要开会。你过会儿去将秸秆捆布置好。不过我们不谈这个。"

他抬起一只脚，将巨大的鞋踩在小推车上，眼圈儿红红的小眼睛望着施滕卡。

"嗨。"他突然叫道。施滕卡转过身，扔下一根树枝，走过来。

"你在我们这儿还适应吗？"

"我懂这活儿。"施滕卡说道。

"你喜欢它吗?"

"我表示满意。"

施滕卡望着巨人刮得很不干净的双下巴,只见他忽然从推车上放下脚,跑进屋子里,几秒钟后拿着一支旧卡宾枪回来了。埃尔基四下张望,想:这个老酋鬼肯定是要射杀一只野兔或一只喜鹊。施滕卡也看看四周围,希望发现一个活目标。莱奥等了等,一直等到他的肺平静下来。然后他将枪托架在肩上,拉开保险栓,喘息着说道:"空中有苍鹰。"他对着在烟柱上方悠闲地滑翔的动物中的一只瞄准。埃尔基和施滕卡伸长脖子。莱奥瞄了很久,又突然放下枪,走近一棵树,将枪膛搁在一根树枝上。"这样更好,"他说道,"手抖得太厉害了。"

埃尔基和施滕卡等待枪响,脸缩成一团。他俩望着鸟儿。枪声撕碎了下午。一只鸟儿摇摇晃晃地掉下来。莱奥直起身,将卡宾枪倚在树干上。

"去把它拿过来。"他对埃尔基说道,埃尔基立即越过一只花坛,大步跑向鸟儿极有可能掉下来的位置。令三个人吃惊的是,那只苍鹰中止跌落,使劲拍打翅膀,又慢慢飞走了。埃尔基发觉后停下了脚步。莱奥重新抓起卡宾枪,枪托顶着肩,瞄准,射击。鸟儿还在飞。他没有击中。莱奥再射,又没有击中,苍鹰朝着松树林飞去。

埃尔基慢慢走回来,说:

"子弹只打穿了它的翅膀,要不然它肯定掉下来了。"

莱奥不吱声,望着那只苍鹰的背影,它越来越小,最后再也见不到了。

"为什么一只鸟儿不该侥幸逃生呢?"他望着施滕卡说道,说完抬起巨大的鞋,踩在推车上,眼睛望向房屋狭长的正面,相信在一扇窗户后面看到了寡妇的脸。他一只手抓起枪,枪口对着窗户。寡妇的头消失了。莱奥哈哈大笑,又将卡宾枪靠到树上,肉嘟嘟的手指抓住一根树枝。"那只苍鹰再也不会露面了。"他说道。

"兴许它会死在森林里。"埃尔基说。

"有可能。我无所谓。在森林里死起来更轻松。"

施滕卡用斜眼看着巨人,默不作声。

莱奥说道:

"那位逃走的教师让卡拉陷入了极大的不安。据说他是最危险的人物之一。谁也说不清一个人怎么能够这么说消失就消失的。正在悬赏捉拿他。"

埃尔基看着施滕卡,说:

"也许他越过了边境。我几乎想这么认为。"

"为什么?"莱奥问道。

"因为他知道,一旦被抓住,他必然会被吊死。"

"我明白了。你见过人被吊死吗?"

"没有。但我看过人被枪杀。"

"好吧。"莱奥挠挠腋窝,"你在观看时想到了什么吗?什么特殊的东西:当子弹击中时,他们的面部是什么表情?"

"是的。大多数做出孩子样吃惊的表情,他们不相信地四面望望,好像他们无法理解,有一天也必须结束。"

"结束?结束什么?"莱奥问道。

"喏,结束生命。"埃尔基说道,含笑看着施滕卡。埃尔基想:这只老狐狸想骗我。他不想承认,他就是那位正在被寻找的教师。而我甚至听他讲过课。但上帝保佑,我不会伤害他。这个可怜的家伙又没有伤害过我。危险又怎么样呢?危险是一粒跳弹,一颗没有计划地乱窜的铅弹,一个小小的精力过剩的异物。可施滕卡呢?我之后会与他和解的。新政府与我什么相干?

莱奥拿起卡宾枪,说:

"好,我们不谈这个。你现在去仓库里,埃尔基,去布置秸秆捆。小心,别弄散秸秆捆。秸秆很贵的。施滕卡,你继续留在花圃里。等天黑了,你就可以结束。我去罗斯科夫那边。我们今天有客人来。"

说完,巨人转身消失在绿门背后。

施滕卡想把手伸给埃尔基,一种令人窒息的感觉卡在他的喉咙里,他的膝盖在哆嗦。他想:小伙子待我很好。他为什么不出卖我呢?他本可以很容易就拿到酬金的。他大声说道:

"你为什么啥也没告诉他?"

057

"什么?"埃尔基笑起来,"哎呀,说你是他们正在寻找的教师吗?"

"你可以领到酬金的。"

"我对它不感兴趣。"

"为什么?"施滕卡要尽可能深地追问,以便查明他在多大程度上可以信任埃尔基。

"那是脏钱。新政府与我无关。"

"谢谢你。"

"谢什么?"

"谢你没有出卖我。"

"你不应该为此谢我。"

"那该谢什么呢?"

"谢你在讲你的锯木厂的故事时,我没有笑出来。当你用手指捏你的耳垂时,我就认出了你。我记忆中的你就是这样的。"

"记忆中的?"

"对,当年你给我们上植物课时,我坐在你的讲台前。当年……"

施滕卡苦涩地笑笑。

"我知道,"他说道,"我的不幸的老习惯。"

埃尔基笑了:"好了,我们不谈这个。"他模仿莱奥的声音说道:"你继续留在花圃里。等天黑了,你就可以结束。而你,埃尔基,去布置秸秆捆。秸秆很贵的。"

他拍拍施滕卡的肩，点点头，吹着口哨离开了花圃。

天色黑下来时，施滕卡将小推车推进一个工具棚，将设备擦拭干净，锁在了棚里。他感觉饥肠辘辘。我必须找到机会，有规律地用餐。他想着，同时踏上吱嘎响的楼梯，慢慢上楼回他的房间。他突然吓了一跳。寡妇在喊：

"谁呀？您等等。我马上就来。就一会儿。"

她穿着她的无袖印花布套裙，走出房间，挡住了他的路。

"原来是您啊。"她说道，"我正准备上床。"

他看着她裸露的踝骨和凌乱的长发。她后退一步，乳房在套裙下晃荡。她哭肿的眼睛紧盯着施滕卡。

"您饿吗？"她问道。

施滕卡点点头。

"进来吧，我赶紧给您做点吃的。"

施滕卡想起莱奥的话："这女人不适合你们中的任何一位。"但他又想道：莱奥走了，埃尔基走了，我饿坏了。

寡妇将他轻轻地推进她的房间。这房间要比他的房间舒服许多。靠墙摆着一张高脚宽床，一个角落里挂着一面镜子，旁边有张小桌子，桌上有两把刷子、一把梳子和一只瓷罐。在可以眺望花圃的窗户前摆放着两张老式椅子，扶手上包有软垫。门旁的一个橱上放着一只电炉。施滕卡不等邀请就主动在一张老式椅子上坐下来，看着寡妇弯身抽出一只平底锅和一块面包，看着她将面包切片，沾上油，放进平底锅里。他望着她的背——健壮肥胖的背,试图设想驮着这张背的大腿,印花布套裙没有将它们暴露出来。当锅里嗞嗞响时,她转过身,缓步向他走过来。她在另一张老式椅子上坐下来,不紧不慢,从容不迫。她膝盖上方的套裙滑开来,施滕卡看到了白皙光洁的皮肤。她抹正套裙,动作慢吞吞的,生气地看着他。她渴望男人。当他意识到这女人对他有所企图时,吓了一跳,目光绝望地扫向房门。跑出去!跑出去?为什么?莱奥走了,埃尔基走了。

"好了,"她说道,"面包好了,但愿合您胃口!各人口味差别很大。您也这么认为吗?"

"当然。"

她用一把叉子戳起面包,放到一只盘子里。

"我一直很奇怪,口味差别怎么会这么大。"她说,将盘子放在窗台上。"您也想过这个问题吗?"

"没有,确实没想过。也不是所有人都有同样的肤色,或同样的发色、同样的职业。"

她笑了。"没错。可所有的人都只有两只眼睛、两只脚、五个感官。"

施滕卡盯着热腾腾的面包。寡妇在床帮上坐下来,尽管坐在床帮上不及坐在旧式椅子里舒服,因为床腿很高。

"我想,面包已经凉了。"

"是的。"施滕卡将盘子端到大腿上,开始吃起来。

"怎么样,好吃吗?"

"好吃，很好吃。"

他吃完之后，她从他手里拿走盘子，放进一只大盆子里。施滕卡起身向门口走去。他想向她道谢。女人发觉他想走，慌忙拦住他。她责怪地嫣然一笑：

"您这就要走吗？"

"我必须走，请您原谅。"他想，莱奥会回来的。

"您想做什么去，房子里没有别人。您留下吧。您是不是很累了？活儿太辛苦了吗？"

"不，不是这么回事。这活儿我熟悉，我做惯了。"

她站在他面前三十厘米远的地方，他不必将手完全伸出去就能摸到她的身体。一颗纽扣残酷地将套裙扣在她的乳房上面。"我现在得走了。"他说道。

她脸色骤变，眉头紧皱，发出歇斯底里的嘲笑。

"您走吧！"她嚷道，但没有让开路。他的手往前一伸，触到了她臀部绵软的肉。仿佛电击一样，他迟疑不决，不知他是不是应该将手放在那儿不动。她的呼吸好烫啊！你只需要抱住她就行了！女人似雪。——你害怕吗？害怕莱奥？他走了。害怕会泄露出去？对，对，对！你要小心！不，绝不是，绝对不是！施滕卡轻轻推开女人，拉开门，走了出来。他停下脚步，说道：

"谢谢您的面包。您太好了。我不知道我该去哪儿弄吃的。也许我能还您，可能明天吧。"

061

"您走吧。"她像一条受到打扰的母狗一样抱怨道,"我不要您还什么,您——您这胆小的教师。"

施滕卡一惊。她知道什么?

"以后请你们小声点交谈。墙壁很薄,我睡眠很浅。"

她挑衅地笑笑:"埃尔基是个正派人,是不是?他不会讲什么。他太正派了,甚至放过悬赏捉拿你的酬金。但我会考虑的。钱总是有用的。它将足够我另外租个房间。"她"砰"的一声关上了门。

施滕卡走进他的房间,扑倒在箱板搭的床上。几分钟后,他听到寡妇在薄墙后面抽泣……

罗斯科夫的客栈外面停着一辆深蓝色的小汽车。莱奥在绕着车走。他小心翼翼,膝关节发软。他知道坐这辆车来佩科的是谁,此人在不在对他绝非无所谓。最后他故意不在乎地走向汽车。车玻璃阻挡不了他的眼圈儿发红的小眼睛,巨人的目光穿过玻璃。司机正坐在方向盘前睡觉,皮夹克的衣领高竖着,帽子从头上滑掉了。

莱奥谨慎地拉开门,将他的庞大上身深深地探进车子里面,检查般地吸进睡觉者半张的嘴巴里喷出的气体。

这时有人在他身后说道:"他累坏了。"

巨人瘫痪了一样呆立片刻。他熟悉这声音。他没有转身,就看到一个假惺惺的矮个子站在他身后,那人出神地微笑着,脸上长着小胡子,手里拎着一只小箱子。他的手腕上没有长毛,由于衣袖太短，可以看到很上面。一听这声音，花店老板就想起了马托乌斯基被枪杀的那一天。他的回忆悄悄地、比风还快地给他带来了他当时看到的画面。

马托乌斯基被蒙着眼睛，跪在地上，没有被绑起来，灰衣人手拿一支左轮手枪，站在他面前，拎箱子的矮个子站在旁边一点点的地方。灰衣人在等这位理论家的信号，后者说：

"摘掉他的蒙眼布。"

灰衣人惊奇地看着他，好像没有完全听懂似的。仓库里开始发亮了。

"摘掉他的蒙眼布。"

灰衣人照做了。

矮个子理论家将他的箱子放到地面，从口袋里掏出一盒烟，一声不吭地递给跪着的那人。马托乌斯基取出一支，插进嘴里。没有长毛的手递给他火。他闭着眼睛，贪婪地猛吸。矮个子又拎起箱子，往后退去。他站到跪着的那人的斜后方。所有人都在看着马托乌斯基吸烟。一支手枪突然响了。马托乌斯基一惊，惊奇地望着灰衣人，倒了下去。他的手指间还夹着燃烧的香烟。矮个子理论家将他的左轮手枪插进口袋里。

莱奥猛地转过身来，背抵着车门。他没有搞错：站在他面前的是阿帝，阿帝同志，身材瘦长，笑容自负。

"你好吗？"莱奥问道。

"只要像我这样还有两条腿，就不错。"

莱奥笑笑。他不清楚他到底该说什么。理论家的在场让他不知所措。这人对待所有的事情都不带感情，实事求是，让他既钦佩又痛恨。

巨人指指司机：

"要我叫醒他吗？"

"为什么？"

"他会不会睡过时间了？"

"时间？你相信，他会睡过他的死亡吗？你能想象，每个人的生命某个时候都会结束，你能睡过从一种状态进入另一种状态的这一正常转变吗？经验世界的基础给了我们勇气做这种猜想吗？"

莱奥用一根巨大的手指压住下唇，笑起来。然后他用短促刺耳的声音说道：

"有可能。我能够很好地想象。"

"我们要去罗斯科夫那儿。"矮个子说道。

他前头走，小箱子在他的无毛的手上晃荡，像个疲倦的孩子，再也不能按顺序将双腿放到地上。

罗斯科夫站在窗旁，正用一块白色软布擦拭他的须疮。

"先生们来点什么？"两人在一张桌旁坐下后，罗斯科夫问道。

"两杯绿酒！"

阿帝放下箱子，用衣袖擦擦嘴唇。他的脸色严肃、自负。

吧台后的一只水龙头在往脏杯子里滴着：滴答，滴答，滴答，滴答。

"祝您健康。"罗斯科夫说道，将满满两杯酒放到桌上。两人一饮而尽。

"再给我们来两杯。"

莱奥看着理论家，发现他在沉思。水龙头里的酒像在滴进他的思想里似的：滴答，滴答，滴答。室外天黑下来。窗前的那片天空消失了，因为有人将乌云堆在了佩科的上空。两人端坐良久，一声不吭。艾尔娜，罗斯科夫的苗条、金发的妻子，从楼梯走下来，在酒吧间里忙活。她穿着德国式服装，发型也是德国式的。这姑娘是罗斯科夫从德国带过来的。他当年主动报名，去汉堡郊区接受训练。在那里，他的教官们强行灌输给他作战战略连同所有规则和附加规定，让他终生都不会再忘记它们。

当训练结束、出身好的战友们准备动身时，他患上了痢疾，被送进一家野战医院。除了艾尔娜，一位来自圣保罗的身材苗条的护士，野战医院几乎夺走了他的全部生活乐趣，疾病折磨得他痛不欲生，他差点就在他的生命这部古怪的中篇小说后面画上一个问号、一个感叹号，最终画一个坚定的句号。但艾尔娜让他结识了某种让他再也控制不住自己的东西，也是某种足以让他放弃那没有幽默感的决定、彻底抛弃所有的自杀念头的东西：艾尔娜让爱情迈着一名护士的双腿向他走来。在姑娘的精心护理下,他痊愈了,逐渐夺回他的力量,由于汉堡的生活现在带给他特别的希望,眼见必须告别的那一天渐渐来临,他郁郁寡欢。但事情有所变化。有一回,这个好人造访了一家那种深不可测的爱情机构,感情在那里遭到极度挑战。在那里罗斯科夫除了梅毒还染上了生命力顽强的须疮,虽然使用了强效药物,它就是不肯消失。艾尔娜原谅了他。但她这回无法护理他恢复健康,因为这位罪人被关在了另一个部门。本来应该是她做的!罗斯科夫觉察了此事,在医生认为他"痊愈了"让他出院之后,他去找到她,问她他在她那儿有多少机会,她想不想嫁给他。艾尔娜听后没有回答,而是以汉萨同盟式的沉默将她的脸贴着他的脸,根本不顾须疮,当幸福感允许她打开嘴唇时,她低声说道:"是的。"他们在汉堡的米歇尔教堂里合法地结婚了,战争结束时,男人想起了他的客栈,客栈位于佩科,由他委托的一位朋友管理着。

矮个子理论家举起杯子,一饮而尽。他从杯沿上方观察莱奥,莱奥拿一张厚纸在巨大的手指间滑来滑去,假装在思考什么似的。

"店里生意怎么样?"阿帝喝完后问道。

"会好起来的,谢谢。马托乌斯基不太懂花卉。我们全都重新调整了。当然活儿很多,但我们现在差不多干完了。我们不得不多运动。"

"运动?"阿帝微笑着问道。

"对。"莱奥嗅到了一个圈套,用手指撕碎厚纸。

矮个子轻咳一声,说道:

"不存在运动!"

莱奥故意做出吃惊的表情。

"不,不,不存在那种移动意义上的运动。"

巨人咽下口水。"可是,马达运转时,汽车就会运动啊?"

"它真的运动吗?"理论家问道,"我不相信。只要点,也就是地点,被看作一段距离的最小的、再也不能划分的部分,我就不相信。因为如果作为一段距离的最小部分的点没有延伸,许多的点也就不能延伸。而距离可是由点组成的。这不滑稽吗?虚无加虚无本应还是虚无?难道不是吗?我们讲讲逻辑吧。距离是其最小部分的总体,它没有延伸。这样任何运动就都是不可能的。难道是我搞错了?"

矮个子望着莱奥,好奇地微笑着,莱奥无法知道,他被一个无聊的例子愚弄了。

"这我还是头回听说。"巨人说道,感觉不舒服。他真想冲阿帝大吼:"我们别谈这个!"可这样不行。这样不行,因为矮个子太聪明,拥有太多权力。与他作对就意味着让他的所有计划得逞,莱奥可不想知道他的计划。他用巨大的鞋抵住一条桌腿。杯子摇晃起来,叮当作响。当理论家站起身,招手叫罗斯科夫过来结账时,莱奥才得到解脱。客栈老板离开后,理论家说:"我们现在恐怕得走了。人们已经到了。"

巨人跟着他站起来，很高兴不必再忍受这些讨厌的问题。他们离开客栈，穿过桦树育林区，向仓库走去。

仓库是个新建筑，地基牢固，时间必须使劲摇撼屋顶，才能让它倒塌。仓库的门只是虚掩着。他们走进去，莱奥将一根梁放在门外。左侧堆着树叶和木头，右侧有几捆秸秆，排成弧形。

秸秆很贵的，走进去时，莱奥想道。

地上摆着盏灯笼：红色和黄色，用栅栏围着，被关在里面。男人们进去时灯笼冒着烟，好像在笑似的。

八个男人一声不吭地坐在秸秆捆上。矮个子坐下，将箱子夹到两腿之间，望望在座众人的脸。

村长灰衣人坐在他对面。

村长吸着烟斗，伸出双腿，用手摸着剃得光光的后脑壳。埃尔基不在。他摆放好秸秆捆就走了。他在曼佳那儿，看来他俩要商量的事情很多。

雾岚在桦树育林区袅袅升起，灰蒙蒙的。它将它的幽灵样变形的手指放在桦树光泽暗淡的树干上，抱着桦树，吸进桦树：没有感情的、默默的、绝望的爱情游戏。仓库后面的夜晚是绿色的。可以看到一颗星星，就一颗。佩科再也没有亮着的灯了。黑暗孤独地行走在狭窄的路上，一座座小屋蹲在路边，沉默不语。

理论家打开小箱子，没毛的手掏出几封文件，一些资料。

灯笼将他的身影投映在仓库门上，影子看上去像只古怪的鸟儿。理论家站起来，说道：

"我们只需要讨论两件事。第一：你们知道，有位被捕的教师逃走了。如果他成功地越过边境，事情有可能很麻烦。边境受到严格的看守，他几乎不可能安全逃到对面。他一定还在国内。如果我没有搞错，他甚至就在这一带。我们一致同意，要迅速起诉他。我们悬赏捉拿他。谁保护他，将负连带责任。"

灰衣人从嘴里取下烟斗，在靴帮上拍出烟灰。

"第二，"矮个子说道，"岛上的那些人必须消失。他们很危险，因为他们的活动像传染病似的会影响其他人。我是指僧侣们！我们要慢慢起诉他们。我们有足够的材料。"

"这不容易。"灰衣人打断道。那些男人，除了莱奥，都纷纷点头。

矮个子用无毛的手将资料放回箱子里，挺了挺脊梁，开始讲起来，好像他就在等一个小小的不同意见似的。

"我们要为实现人类的事业奋斗。我们关心的是迅速、准确地解放全人类。就像人们至今在宗教里一直受到他自己的头脑的粗劣作品控制，在资本主义生产里，他受到他自己的手创造的拙劣作品统治。"

他停顿一下，他的声音似乎在仓库里回响。

灯笼不停地冒烟，矮个子接着说道：

"我知道你们为什么认为要赶走僧侣不那么容易。我到你们这里来，就是来商量此事的。办公室里的人都在等着你们行动。别的地区的空气是干净的。你们每个人都应该明白我们的目标：我们要的是公正的社会秩序。很难为所有人享有同样的幸福机会创造条件，这些条件部分是残酷的。但我们追随一个计划，它不仅是最大的历史试验，也意味着完全实现社会公正。我们讲讲逻辑吧！哪儿要刨光，哪儿就会落刨屑①。我们不能顾虑这些。刨屑就是刨屑！我们要激进地思考问题：只要一些人能够不受限制地主宰另一些人，就不会有公正出现。结果，逻辑学的结果是什么呢？奴役！必须消灭个人权力，这才是我们革命的结果！如果我们不消灭这个权力，我们就是在违背我们的思想，像从尾巴开始吞食自己的猫。"

地上的灯笼平静下来，灯光有黄色有红色。莱奥抓挠腋窝，吐口痰。灰衣人吸着他的烟斗，用门牙咬着它，眼睛闭成一条细缝，望进灯笼里。

矮个子停下来，逐一打量那些人，他的目光落在莱奥搽过润发油的油光光的头上，盯视的时间稍长了一点，然后他依然站着，放低嗓音说：

"由于精神本质上是由理性和思考组成，回归自身是按辩证法的原则发生的。理性！这是必要的！人通过什么让自己进入一种让他不想在他的作品里认出它的创造者的状态的呢？通过

---

① 意为实行某些必要措施时难免会产生副作用。

他的非理性！精神的表述是某种绝对的东西。但我们讲讲逻辑吧：我们不需要一个抽象的解放。那个我们要感谢他带给了我们解放的人教导我们，在现实中寻找主意。我们不必再逃进主意的可笑的雾霾了。这里还有几个人，他们相信，能够做这种事。我们会改变他们的，总有办法的。"

这时众人突然被吓了一跳，矮个子中断一直没人听懂的演讲，拎起箱子。他无毛的手里握着一把没有光泽的左轮手枪。其他人也跳了起来，一个个手握着枪。灯笼冒着烟。

灰衣人慢慢走向仓库里堆放树叶和木头的另一侧。众人目不转睛地盯着他。那儿传出的响声钻进他们的耳朵里，好像树叶里什么地方有人在动。莱奥想：我们干吗要这么激动？这是要干什么？那位教师肯定不在我的仓库里。一个间谍？那他就做好准备吧！

村长站下来听听，转回头，低声叫道："将灯笼拿过来。"

莱奥用他的巨大手指拎起灯笼，向那堆树叶走过去。灯笼发怒地疯狂闪跳，冒着烟，好像在喊叫似的。"你得举起灯笼。"灰衣人说，"这样，对。"

一个影子突然掠过他们身旁。

灰衣人追过去，一个鱼跃扑进树叶里，手里抓着一只猫。

几个男人哧哧笑起来。

"一个长着柔软爪子的间谍。"灰衣人说道，"没理由激动。好，很好，这个假奴才。"

他将那只小动物抱回人群，它在他的手里绝望地扭动。莱奥将灯笼重新放回地面，矮个子将箱子夹进他的双腿之间，众人慢慢地坐回秸秆捆上，收起他们的手枪。灰衣人抱着猫走近灯。

"本来我必须烧光你的胡子的，我柔软的公主。但你肯定会叫喊，而我的耳朵忍受不了猫叫。你应该受到惩罚，可我该怎么惩罚你呢？"

众人望着那只动物，谁也不吱声。短袖的矮个子也站在那里，无语地看着灰衣人和动物。他很残酷，他想道。

"一颗子弹。"灰衣人咯咯笑道，"好，很好，但它可能撕破你的毛皮，是不是？你可能会生我的气吧，我的公主？"

众人沉默不语。浓雾蹲坐在仓库门外，黑夜笼罩着桦树育林区。

"我可以剪掉你的舌头，"灰衣人说，"或者尾巴，那样就好了。"

众人沉默不语。

这时村长狠狠地将那小动物摔在地上，抬脚猛踩，一次，一次，又一次，怒气冲冲，极其粗暴——直到那具小身体几乎不再动弹。

然后他收起手枪，走回他的座位，坐下来，远远地伸出双脚，伸手摸摸剃得光光的后脑壳。

众人沉默不语，阿帝看了看莱奥搽过润发油的头发，漠不

关心地继续谈正事,好像啥事都没有发生似的:

"我们要问问自己,为什么人类必须制造出宗教,为什么他要认为他的存在是建立在一个超人的权力里:他想解放自己!摆脱他的世俗的不完美,摆脱现实的矛盾。我们讲讲逻辑吧:这是非理性的,因为这不是真正的解放,而只是一种思想上的解放。这个非理性,这种缺乏认识和见解,误导人们产生宗教的鬼雾。我们要为所有人创造最大的幸福机会!但这个幸福机会有个前提条件,它是一种严厉的、无所不包的批评,主要是对宗教的批评。因为人类的世界不像是他在里面能感觉宾至如归的那样,他必须在彼岸寻找实现他的幸福的机会。这一逃进彼岸的后果是什么呢?我们讲讲逻辑吧。这不会有什么好结果。生活应该是在地球上过,而不是在天空过。人必须通过他自己的行为创造出理智者的现实。这是最美的自我解放。为了它,我们任何人都不应去想有一天必须做出的牺牲。谁忍受宗教,就是在为世上的邪恶辩护。"

灰衣人点燃烟斗。那些男人没有一个完全听懂了理论家的话,他们没有谁能重复他讲了什么。

灯笼的火苗很小——黄色和红色。

村长双手抽搐,好像他还抱着猫似的。

矮个子微微一笑,坐下来,拿衣袖擦擦额头和嘴唇。演讲似乎让他累坏了。他的眼睛一个个地看着那群人。他对他们有所期望。有一阵子他想:你可以以为,这些沉默不语的牛是睡着了。如果我是尼禄,我会教他们切断血管。应该拿这里的这些人怎么办呢?什么也打动不了这些家伙。

这时灰衣人站了起来。大家都望着他,大家都知道他要说什么。他拔出嘴里的烟斗,插进口袋里。莱奥在偷偷冷笑,心想:但愿阿帝让他上当了。

"我们还有事必须讨论。"灰衣人说道,盯着猫的一动不动的身体,"我们不能就这样随便带走岛上的那些人。必须找个什么借口。那样也更好,因为我们之后要起诉他们。"

理论家听后打断了他:

"这是自然的。我们已经在办公室里谈论过这些可能性。当然得找个借口。"

"我也是这么想的。可我们应该怎么做呢?"灰衣人重新坐下来。

矮个子轻咳一声,回答说:

"事情没那么严重。可能性很多。比如,你们可以派个姑娘去岛上。"

"一个姑娘?"

"对。你听我讲。你们派个姑娘过去——她当然必须参与。"

村长想到了曼佳。

"这个姑娘也必须完全可靠。好。你们让她坐上一条船,送她去岛上,让一条没有橹的旧船停在岸边。然后她就说她是被冲走的。你们听明白了吗?"他默默地谛听内心,好像他必须确认他的心脏还在跳动似的。

灰衣人说:"这样可以。这主意好。我认识一个绝对可靠的姑娘。"

莱奥不知道这一切目的何在。他大声说道:

"要让一个姑娘去岛上干什么?"

阿帝文雅地笑笑:

"她应该设法让僧侣们运动。也许岛上有运动。"

巨人吓了一跳,咧了咧嘴。阿帝是条非常狡猾的狗,他想。他没有听出对在罗斯科夫那儿的谈话的暗示。

"那姑娘是谁?"矮个子问道。

"她叫曼佳,在我们办公室里工作。"

"她结婚了吗?"

"没有,没有。她绝对可靠。"村长吸着他的烟斗,从鼻孔里吐出烟。

"好。"阿帝说道,"你们必须尽快处理好一切。也许明天晚上就处理完。等姑娘到了僧侣们那儿,我们就不必担心了。本来我们应该让她在岛上过夜,第二天上午才过去:一个年轻姑娘跟这些家伙在一起,这有分量。"

"好,很好。"灰衣人嘟囔说,摸摸被刮得光光的后脑壳。

灯笼在它的玻璃监狱里冒烟。

"那样就什么都清楚了。"理论家说道,锁好他的箱子,站起来,"说到那位教师,你们知道情况的。"

众人都从秸秆捆上站起来。

"是明天晚上吗?"

"明天晚上!"

莱奥从外面锁上仓库门。大家分成小组穿过桦树育林区,讲话,沉默,思考,讲话,彼此告别,各走各的路。

仓库里又暗又凉,散发着新鲜皮革的气味。地面有烟灰。雾不敢钻进里面去。

这时,与冬天的柴火一起堆在左侧的树叶里有了动静。树叶被分开来,小树枝沙沙响,一个人突然在仓库里站起来:彼得鲁卡!

他目光迷离,折断一根树枝,在空中挥舞,走近那些男人坐过的秸秆捆。他低声说:"我的耶稣啊。他们要将一个姑娘送到岛上去。——这些人就像鸟儿:他们只需要将他们的头抬到云层的上方。"

彼得鲁卡跪下来,摸索地面。

"那猫一定躺在这儿。"

他的手指摸到了死去的动物。

"他们将你弄死了弄脏了。"他气喘吁吁,仍然跪在地上,"死了——是的。再也不会躺在阳光下,不会再捉老鼠,再也不会向鸟儿眨眼睛了,你永远死了。——他们打死了你,但如果他们发现了我,那你现在也许会爬近我,闻闻,抬起尾巴,发出呼噜声,跳跃。"

仓库外面亮堂起来。彼得鲁卡慢慢走向大门，停在一道门缝后面。阳光透过门缝明晃晃地照进来，他捡起猫的尸体，对着门缝转动，试图弄去动物毛皮上的血污。然后他把手伸向背后，掏出一只麻布包包，打开来，将猫塞了进去。他回头张望：仓库里静悄悄的。没有人在监视他。彼得鲁卡从大门退回来，跨过树叶，来到侧墙边，弯下腰，动作麻利地卸下两块木板。指甲不情愿地咯吱响。他呻吟着将身体从洞里挤过去，钻到外面后，又重新安上了板。他步履蹒跚地走向桦树育林区，很快就消失在了年轻的树木后面。

第五章　做梦

当有人敲门时，姑娘一点都没显出惊讶。

"进来吧，埃尔基。"她说道。

"你知道我会来？"

"对。"

"你在等我？"

"对。"

她迎向他，两只胳膊缠住他的脖子。

"亲我一下。"

她在颤抖。

埃尔基小心翼翼地钻出她的胳膊，微笑着说：

"等会儿再亲。我们先做别的事。"

他在她的床帮上坐下，点燃一支烟，吸一口，凝视着烟雾。

"你心情很好，曼佳？"

"这妨碍你吗？"

"噢不，恰恰相反。我很高兴。有什么特别的事情吗？我是指：你心情愉快的原因是什么？"

"你不会相信的……"

"快说啊。"

"我先前想：如果我的感觉不骗我，埃尔基今天还会来。你真的来了！"

"就这些？"

"是的，我知道，你不会相信的。"

"坦白说，我很难相信。"

"为什么？"

"我在想我们最后一次见面。你那么古怪。实际上我想永远都不来了。"

"埃尔基！"

"是的。现在轮到你不肯相信了。"

她向他走来，也坐到床帮上。她不敢拉他的手。

"我们要开诚布公，曼佳，我们相互演戏，没有意义。你听任新政府利用，他们向你灌输了某些东西，你……"

"我……"

"不要打断我。这是真的，人家要求你做什么，你就做什么。"

"曾经是这样。埃尔基。"

"你说什么，曾经？"

"对。"

"为什么呢？"

"埃尔基!"她抱住他的胳膊,他看到她眼里噙着泪水。

"不要折磨我。"她说道。

他轻轻抚摸她的头发,他对她的爱渐渐盖过了恨。他决定克制自己,不再提所有那些类似审讯的问题。他将手指插进她耳后的一缕头发里,抚摸那道宽宽的伤疤,轻敲结疤的伤口。

"还痛吗?"

她摇摇头,上身仰躺在床上,凝视着他的脸。

"你看上去筋疲力尽,埃尔基,你工作过度吗?"

"最近几天是有点累。你说得对,我睡得不多。好吧,等施滕卡一个人在花圃里干活的时候……"

"施滕卡?"她坐起来问道。

"是的。我没给你讲过他吗?他是个聪明善良的家伙,话不多。我们现在合住一间房。我相信,莱奥有了他真是赚大了。施滕卡对花卉懂得很多,拿的工资却很差。"

"那他从前做什么的?他偏偏必须给那个胖啬鬼干活吗?"

"他从前是在一家锯木厂里干的,曼佳。他在那儿坐在办公室里,核算工资。"

埃尔基重新点燃一支烟。姑娘背靠墙,膝盖高高地竖起。

"你干吗笑,埃尔基?"

他亲她一口,亲完又笑。

"你笑什么呀?"

"我可以告诉你,曼佳,但你不要告诉别人。"

"肯定。"

"施滕卡——顺便说一下,我已经向他讲过你——这辈子从没有在一家锯木厂里核算过工资。因为他就是那个所有人都在寻找的教师。我是唯一知道这事的人。不久前他们差点就抓到他了。军士到过那儿,想搜查房子。"

"还有呢?"

"那教师站在他身旁,可军士没有认出他来。"

"你为什么不举报他,埃尔基?你必须举报他,绝对的。谁知道,如果他们得知你知情不报,你会有什么后果呢?"

"他们又怎么查得出来?他们要是抓到他,他就活不长了。你相信他会出卖我吗?我在卡拉时就认识他了,我坐在他的讲台前不远的地方。我认为他应该活下去。他没有伤害过我。我不会举报他。"

曼佳从床上爬起,在房间里走几步,停在窗前,望了一阵黑暗的室外,突然转身走近他,坚决地说:

"你如果不去举报,我就去举报。这也是为了你,埃尔基。我不想你遭遇什么后果。"

埃尔基笑笑,说:"噢,你这么关心我?"

"你别取笑,你会看到我这么做的。"

他知道她这话是当真的,他说:

"我认为你可以这么做,但不是今天也不是明天。"

"那什么时候?这是什么意思?"

"后天。"

"为什么呢？如果他们在这期间抓住了他，一切就都前功尽弃，埃尔基。"

"后天之前你不能举报他！"

"好吧，随你便。你会知道后果的。"

"我知道后果。我还有事要与他商量……顺便说一下，你先前说过，那是真的，你为新政府……"

"对。"

"这话我应该怎么理解呢？"

她默默地盯视他很久，然后说道：

"我们什么时候结婚，埃尔基？你可以确定日期。我想结束工作。"

"这是真的？你不觉得难过吗？"

"我全都考虑过了。"

"你这是什么意思？"

"这话人人都懂。在你将你的死敌推下水之前，你必须先证实他会不会游泳。不然他会在某个地方十分冷静地爬上岸……"

"你这话是想说什么呢？"

埃尔基模仿莱奥的声音：

"我们不谈这个。我们为什么不应该讲真话呢？我要请求你下列事情，曼佳：让我来处理教师的事情。我向你保证，在后天之前会做出一些决定。我会通盘考虑，寻找一个让我们走出这条死胡同的可能性。操之过急没有用处。另外你不认识施滕卡。"

"你想帮他?"

"也许。甚至很有可能。我现在还不能说。我们必须耐心等待。今天夜里在开会。我们有客人在。"

"我知道。"

"那你也知道会上要谈逃走的教师吗?"

"我可以想得到。"

"你同意吗?你会将这事交给我来处理吗,曼佳?"

"当然——是的。可是,也许我们最好马上……"

"很可疑的正是这个。但是,现在不谈这个。过来,坐到我身边来。"

姑娘在他旁边的床沿上坐下。他吻她,她接受他的吻。她回应他的吻,他对待她的回应要比对待她讲的有关施滕卡的话认真得多。她在他眼里还只是个姑娘。他曾经对她怀有的憎恨消失了。她在这儿,他在这儿,彼此都只想属于对方。

室外黑魆魆的。两人中有一位说道:"关灯吧。"开关扑嗒响了一声。那三个字还继续在房间里飘荡了一会儿——"关灯吧,关灯吧。"

施滕卡听到寡妇在薄薄的侧墙对面抽泣。他想:她知道我是谁。女人最不可预料……必须离开佩科了……埃尔基不会带来危险……一个出色的小伙子……我根本记不起在教室里见到过他……可我应该去哪儿呢？边境有人看守……

寡妇的抽泣突然停止，很可能她正咬着她的被子。

黑暗让大钉子上的破镜子变模糊了。窗外刮起了风，惊慌地掠过树枝，好像花圃里发生了一桩罪行似的。施滕卡在褐色被子下摸摸自己的心脏：它在跳，它精确地跳着，让人感到宽慰。这颗心的烦恼不同于大脑的烦恼。它不能允许自己懒惰，它不考虑目的和工资。施滕卡想到他藏在纸箱里的手表。他坐起身，仔细倾听，看能不能听到悦耳的滴答声。什么也听不到。他悄悄爬起来，拉出纸箱，打开箱子找他的手表。他将表贴在耳朵上。没有滴答响声。施滕卡低声笑笑，想：你不给它上发条，它也就不会走。他旋转小螺丝，秒针开始跳动，画它的圆圈，像在进行一场愚蠢、无聊的游戏似的。大指针比秒针冷漠，在指针盘上爬行得那么悠闲，那么不引人注意，肉眼都看不出它们的运动。

他想起在卡拉的日子，那时他站在他的班级前面讲课。那时他习惯了在开始上课时将手表放到讲台上。他将表重新收进纸箱，在箱板搭成的床上躺下来。滴答声钻进他耳朵里，令他感到欣慰。

我明天要跟埃尔基谈……我要问问他，他觉得怎么做好……相信他会提出一个诚恳的建议……他肯定会的。

施滕卡拿被子蒙住头，温暖的呼吸吹在手腕上，被弹回来，打在他的脸上。思想被褐色的被子吸收，像墨水被吸水纸吸收一样。没有什么让他心情沉重，一切都会越来越轻松，睡眠将他扼杀了一夜。睡眠是慷慨的，它让它的牺牲者做梦，它按自己的判断分配梦。

施滕卡梦到自己坐着雪橇在俄罗斯平原上旅行。他独自坐在马车夫的驾驭台上，挥舞鞭子，赶着马儿，动物们竭尽全力。云团缓缓地落向地球。旅行者感觉那云是冲着他来的，对他怀有什么特别的企图。鞭子在马背上方呼啸。还有很久都别指望看到房屋。热血涌进他的头颅。千万不要丢失方向……千万别丢失方向！动物们大汗淋漓，在雪地里奔跑。他从座位上站起，挥着马鞭。此时狂风从侧面猛吹着他，吹得他险些跌下雪橇。大风撕开云团，云无声地大笑着敞开自己，雪从它们的腹中钻出。狂风抓起雪，掷向旅行者。施滕卡害怕。暴风雪让他什么也看不到。暴风雪抽打他的脸，就像他抽打马儿一样。一片漆黑。风与黑夜结成联盟，一起反对他。方向在哪儿？房屋在哪儿？有一刹那他真想放弃他的目的地，朝着风暴奔驰。最后的愤怒抗议。但马儿越走越慢，它们没有力气了。他再怎么挥马鞭也没有用处了。动物不是机器。暴风雪疯狂怒吼着穿过雪橇的传动杆。施滕卡发觉，动物们只是在机械地迈步。他一拉缰绳：雪橇停下来。他手执马鞭，从他的座位爬下来，走到车前。马儿直哆嗦。鞭子高高挥起，准备抽打。暴风扯住绳子，从他们的头顶呼啸而过。男人鞭子挥到一半又停住了，走近一匹马。

动物和人彼此对视，默默无语，简直就像他们相互间能够理解似的。男人伸手抚摸马脖子，抚摸热乎乎、湿漉漉的毛皮下鼓突的血管，血管里热血奔涌。他的手指想可怜地爱抚一下，但暴风雪讥讽的野性让它不得不悄悄进行。

施滕卡躬着上身，慢慢往回走，鼓起他最后的力量，爬上座位。他一抖缰绳，马儿缓步走起来。他高高地挥着马鞭。雪快要将它们埋没了。马儿一步步走着，他坐在座位上，拿毛被紧紧裹住自己，不再在乎方向。他无所谓动物们带他去哪里。他甚至想象，多少有点开心而紧张地等着他会到达什么地方，离开雪橇。要不是他的手必须听任暴风雪愤怒的摆布，他几乎松开缰绳。雪橇忽然加快速度，快了那许多，引得他抬起头观看。马儿正冲下一座陡峭的斜坡，一座河岸斜坡。他慌忙拉绳子，身体往后靠，用他身体的全部重量抵制奔跑——徒劳！他无法停下雪橇。他们很快就冲上了河流薄薄的冰层。你必须跳下车，你必须下车，他想。但已经太晚了。"扑通"一声，马儿跌倒了。它们嘶喊着，他这辈子还从未听到过那样的嘶喊：万分恐惧的嘶喊，痛苦的嘶喊！旅行者忘记了他自己的命运，神色惊骇地望着动物们。

有人在岸上喊叫，他无法转头。一个人的声音在喊："留在雪橇上。我过来接你们！"施滕卡看到动物们纷纷倒毙。雪橇几乎是垂直的。他一定随时都会滑进冰窟窿里。他闭上眼睛。这时他忽然感觉被巨大的手抓住了，它们将他拉出雪橇，抱上岸。

一定是暴风想出了新的折磨方法,他想。可这时他感觉到了脚下的地面。他睁开眼睛。一个高个子男人站在他面前,是一个长着奇怪的黑眼睛和灰色胡子的男人。施滕卡感觉自己认识他,在什么地方见过他一回。风势减弱了,爬进了它的藏身处。

"走吧。"陌生人说道。

"你要带我去哪儿?"

"走吧!"

施滕卡跟在高个子男人身旁跑。他的黑皮衣将他往下拽,每走一步对他都是折磨。最后他再也动弹不得了。他掉在后面越来越远。于是陌生人向他转过身来,回走几步,抱起他,那么轻而易举地抱着他,好像他不及一只苍鹰重似的。

"你要带我去哪儿?"

"别出声。"

"你为什么不告诉我?"

"耐心点。"

"你不可以告诉我吗?"

"闭嘴。"

没多久,他们来到一座大雪覆盖的木屋。陌生人放下施滕卡。

"跟着我。"

他们走进一个空洞洞的四角形房间。桌子下面堆着许多空酒瓶,桌上堆着书籍和写有字的纸。

"你干吗带我到这儿来?"

"别出声。"

施滕卡不吱声了,一直等到陌生人换上便鞋,在椅子上坐下来,看着他。

"你是谁?"

"这与你无关。"

"你要我做什么?你干吗带我来这儿?"

"你可以马上走。我救了你,因为我有事要对你讲。"

"你要对我说什么?"

"既然拿破仑有权利让数十万人死去,好让其他几个人可以满意地生活,那么民兵和军士也就有权利让你死。既然拿破仑有这个权利,那我不明白你为什么不可以也杀死一个人,让自己能够活下去。"

他不语。

"你想对我讲的就这些吗?"

"是的。如果你愿意,你可以走了。"

施滕卡转身一声不吭地走向门口。他想走出去,这时他听到了寡妇的声音:"谁呀?请等会儿。我马上就来。就一会儿。"然后他看到女人从一个角落里走出来,没穿印花布套裙,而是一丝不挂。她向他走来,胳膊箍住他的脖子。他想喊叫抗拒,但胳膊和舌头拒绝为他服务。女人越箍越紧,他感觉她在扼杀他,同时卑鄙地奸笑着。

施滕卡醒过来,看到的是埃尔基笑吟吟的脸。他掀被坐起。外面开始发亮了,花圃里已经有只喜鹊在叫了。

"我做了个怪梦。"施滕卡说道。

"是吗?梦到了一个姑娘?"

"不,实际上不是。"

埃尔基从大钉子上取下破镜子,对着镜子照照,摸一把眼皮和下巴。

"从今天开始我要刮胡子了。这胡子必须消失。——有什么新闻吗?"

"没有。我昨天很早就上床了。"

"莱奥恐怕快要喊了。你最好是起床。"

施滕卡爬起床,叠好褐色被子。

埃尔基往脸上打肥皂,在一根皮带上磨利剃须刀。动手前他问道:

"你能用这种东西划破我的脖子?"

"为什么?"

"我是指:如果这是可以用来结束的唯一设备的话,如果你没有手枪的话,你就会这么做。"

"我绝对不会做。"施滕卡说道,他想:这个问题有蹊跷……他这是想说什么……发生了什么变化吗?……他们知道,我是谁……这是一种敦促吗……他害怕了?

"为什么?如果你只需要等候,直到别人这么做……如果你自己……那会舒服许多……会省掉你的不确定性……"

施滕卡忽然感觉胸口一阵剧痛。他紧按耳垂,希望借此引开疼痛。但疼痛未被引开,反而轻而易举地钻进了大脑。剃须刀沙沙地刮着埃尔基的脸。

"如果人家让你选择,要么自己,要么别人……你还会等待别人这么做吗?"他边讲边放下刀子。

施滕卡说:"我不可以自己做。"

"怎么讲?"

"我没有权利这么做。但这些问题是什么意思呢?你是想说……"

"不,不。我只是想到了这些。我不知道我为啥要这么问你。可是:我们还有事情要讨论。"

"是不是他们已经知道了?"

"什么?哎呀,我想没有。到目前为止只有我知道。这就是说,曼佳也知道。我对她讲过了。"

"曼佳?"

"对。我要娶的那位姑娘。我不认为她会讲出去。"

"她什么时候知道的?"

"今天夜里。"

施滕卡全身发抖。他坐到箱板搭的床上,坐得床咯吱响,好像要倒似的。他的斜眼望着他面前刮胡子的小伙子。要不是他知道那样做没有意义,他真想拎上他的纸箱,一声不响地走出去。他听到寡妇在薄薄的侧墙后面啜泣。他想起昨天晚上。她也知道情况。他想到他自己的打算：我要与埃尔基谈……我要问问他，他觉得怎么做最好……相信他会提出诚恳的建议的……到目前为止，他一直没有勇气与小伙子坦率地谈论自己的处境。但这是必须的。他战胜自己，问道：

"你要跟我商量什么呢？"

埃尔基洗去脸上的肥皂。房间里又暗了下来，好像黑夜搞错了时间似的。情绪恶劣的乌云悬挂在花圃上方，天空下起雨来。雨滴砸在窗户上，噼噼啪啪，不停地、绝望地、好像是要设法躲到干燥的地方去。

"我必须跟你谈谈。"埃尔基说道，他擦干净脸，挂好毛巾，将剃须水倒进花圃。

"你真相信命运之类的东西吗？"

"是的。"施滕卡说道，"我信。"

"嗯。那麻烦就更大了。"

"你这是想说什么？我们要谈的事情与此有关吗？"

"某些方面是有关。这就是说：你是否会接受我的建议。"

埃尔基坐到箱板床上，蜷曲起双腿。

"你想给我什么建议？"

"尽快离开佩科。"

施滕卡点点头，好像他期待的正是这个建议似的。他寻思：他又能给我别的什么建议呢？现在谁又能给我别的建议？这我自己知道。但我自己的想法得到证明，还是有价值的。我必须离开这儿。我肯定他们会抓住我。我必须离开这儿……

他大声说道：

"你认为，我应该今天就走？"

"对。这对你最有利。也许你该现在就走。我会对莱奥讲，我醒来时，你已经走了。——我真为你难过。"

施滕卡想：我让他难过。他大声说道：

"他们很快就会发现我的线索。"

"我不信。"埃尔基说，"也许莱奥今天不会管我们。那你就可以利用一整天、甚至再加上一整夜的时间，躲到安全的地方去。"

"你认为这样做正确吗？"

"我认为是的。到目前为止全佩科只有两个人知道你是谁：我和曼佳。"

还有寡妇，施滕卡想道，但我暂时不告诉他这事。

雨噼里啪啦地敲打着窗玻璃。

"你应该现在就走。这时辰这天气你不会遇到任何人。我把我的钱全部给你，你会用得着的。"

"你对我真是太好了，埃尔基，我会收下钱的。"施滕卡站起来，拉出纸箱，打开来。埃尔基盯着他的动作，看到教师拿出他的手表，塞进一只口袋里。

外面雨越下越猛。它扑向树木、屋顶和立柱；它折断花卉，伤害灌木，与溪流联盟，扯落一块块泥土；它打在监狱大门外的哨兵的关节里，让他浑身战栗；它跳过道路和铁丝网，压弯绿草，赶走喜鹊、苍鹰和麻雀。它清洗石块路面，淹死尘埃。

施滕卡站在门旁，手拎箱子，一脸苦笑。

"曼佳什么也不会讲的吧，埃尔基？"

"不会。这你放心好了。谁也不会得知什么。我祝你万事如意。——慢！再等等：你有武器吗？"

"没有。我不需要。"

"废话。武器总能派上用场的。来，拿上这把枪。"

埃尔基递给他一把现代化的小左轮手枪。

"好好保管它，你肯定会用得上的。"

"那你呢？"

"我还有一把，它的威力更猛一点。"

施滕卡握住埃尔基的手，与他道别，就在这时门厅里传来莱奥粗大的声音。

他喊道：

"埃——尔——基——！"

埃尔基冲向门口，匆匆低语说："快将纸箱塞到桌子下面，躺到床上去！"边说边冲了出去。莱奥站在下面的楼梯平台上。他一脸熬了夜的样子，衬衫敞开着，肉嘟嘟的巨手搁在栏杆上。小伙子跑下楼梯，停在莱奥面前。

"大雨打碎了花坛上的所有玻璃板。你们必须出去，在上面盖上木板。快去！施滕卡在哪儿，这头水牛？你听到没有，赶他出去！"

莱奥满脸怒气。

"你还在等什么？"当埃尔基以为他还要说什么、站在他面前不动时，他喊道。

埃尔基转身冲上楼梯。"你现在不能走。"他对施滕卡说，"我们必须将花坛上的玻璃板盖好。大雨砸坏了一切。你有什么防雨的东西吗？"

"没有。"

"那就穿上这件夹克吧。"

两人穿上旧衣服，离开房间，打开连接花圃的绿色小门。

雨打在他们脸上，他们跑向堆放木板的工具棚。

埃尔基打开锁，在这里雨淋不到他们。

"注意，"埃尔基说道，"我们赶紧将木板搬过去，我们一干完你就离开。莱奥不能要求我们这种天气在室外工作。估计他会放过我们，因此直到明天他都不会发觉你离开了。为安全起见，你从花圃里走，从后面爬篱笆出去。没人看得到你。"

"好，我就这么做。谢谢你，埃尔基。"

两人无言地干起活来。他们将木板抱去花坛，铺到玻璃板上。雨滴打在他们的脖颈上、手腕上。他们不予理睬。他们的手指变红变紫。施滕卡全身冷得发抖。他边干活边想：现在可别生病……千万别在现在……我到底该去哪儿呢？……谁也不会想要我……要不去罗斯科夫那儿？……去罗斯科夫那儿！……那之后呢？……我必须想办法在松林里找到一个藏身处……但愿没人看到我……可这里又有谁会认识我呢？……我来找马托乌斯基取花的次数很少……罗斯科夫不认识我……可寡妇……那寡妇！

施滕卡抬头望向她的窗户，浑身一抖：女人正站在楼上，望着花圃。雨水从窗玻璃上流下，使她的轮廓变形了。她一丝不挂，他想道，她连印花布套裙都没穿。但愿她不会整天站在窗前。

埃尔基说道："好了。我想我们干完了。你先进去，我去锁上工具棚。"

当施滕卡打开绿门、走上烧制砖铺设的过道时，听到店里莱奥的声音。巨人在说：

"这雨太锋利、太猛烈了；它打碎所有东西。"

"可店堂里一点感觉不到在下雨。"有人回答他道。

"没错。"莱奥说道。

"真是这样吗？"

施滕卡蹑手蹑脚地走上楼梯，楼梯幸灾乐祸似的吱嘎响。但愿寡妇现在别出来。他每走一次都感觉胸口疼。当他终于站在他的房间里时，额上汗涔涔的。他累坏了。他慢慢走近窗户，向楼下的花圃里张望。埃尔基锁好了工具棚，正向房屋跑回来。很快他就听到埃尔基在下面与莱奥讲话。但愿他马上回来，但愿他马上回来,施滕卡想,走前我还得再见他一面。

他听到薄薄的侧墙上有抓挠的声音。这有什么意思吗?是要我过去?她要对我说什么吗?或者这是针对埃尔基的?

施滕卡看到一只箱子上放着块面包,他想伸手拿,可又不敢,因为他害怕寡妇会连这个动作都听得见,由此得出隔壁房间有人的结论。他想保持安静,让她以为房间里没人。就在此刻楼梯又吱嘎响起来。埃尔基上来了,他打开门,用胳膊做了个绝望的姿势。

"怎么回事?"施滕卡低声问道。

"你现在走不了。阿帝来了。"

"阿帝?"

"对。他是办公室的人,是最有权势的人之一。他正在跟莱奥谈话。很可能很快就有新闻了。阿帝到哪里,哪里就有新闻。他认识你吗?"

"不认识。我想不认识。"

"这很有利。很可能他们已经发现了你的线索。阿帝是我认识的最机灵的包打听。你还得想办法离开。"

"马上?"

"对。我去店里找莱奥,跟他俩聊天。你趁机下楼,但要小心,要走花圃。我建议你将手枪藏在口袋里。"

埃尔基离开房间,冲施滕卡点点头,又走下楼去。施滕卡听到莱奥在店里给他分配任务。

现在时机有利，赶紧出去，缩短危险的时间，这就是说：降低危险本身。

他拉出纸箱，往外走。他用手抓住栏杆。但愿楼梯这回别吱嘎响。他犹豫地迈出右脚。

"您害怕？"

施滕卡的手指抓住栏杆，望向旁边，他在发抖：寡妇无声地打开了她的房间门，正在冲着他笑。

"您想逃走？"她又问道。印花布套裙遮住了她的身体——没遮住踝骨。脚趾在破毡鞋里动着。

"您饿吗？"她又问道，"您不想到我房间里来吗？我赶紧给您做点吃的。"

莱奥一定在下面听到了女人的声音，突然走到外面的过道上，当他看到施滕卡抱着纸箱站在楼梯上时，他喊道：

"过来，过来！哪有这许多话好谈的？店里活儿等着你呢。"

寡妇消失了，关上了门。

施滕卡慢慢走下楼梯，将他的箱子放在绿门前，被巨人带进店里。

一个矮个子、假惺惺的男人坐在一张高脚凳上。他无毛的手腕蜡烛一样伸在嫌短的衣袖袖口的外面，两脚之间放着一只褐色箱子。埃尔基将树叶和泥土扫到一起。

"这是施滕卡。"莱奥说道，将窄胸的男人推近高脚凳。

"早上好，施滕卡。"矮个子笑嘻嘻地说道。

施滕卡向陌生人伸出手去,当发觉他的问候未得到回应时,又赶紧缩了回来。

"你已经来这儿多久了?"

"还不是很久!"

"你喜欢这儿吗?"

"我很喜欢。"

莱奥说:"我对他感到满意。他对花卉懂得很多。他从前自己种过蓝蓟和布哈拉鸢尾。之前在一家锯木厂核算工资。"

"我很高兴他对花卉懂得很多。"阿帝说道,"我也喜欢花。我喜欢花甚过喜欢女人。花卉比女人更有耐性。另外,女人的品种扳着指头就数得过来,花的品种却不是。只可惜花儿枯萎得太快了。不过这也是它们唯一的缺点。"

莱奥淫荡地笑笑,咽了咽口水,挠挠腋窝。这是他的喝彩方式。

施滕卡偷偷打量高脚凳上的矮个子,他这辈子肯定还从未遇见过他。

"这里面好暗。"莱奥嗡声说道,"本来应该开灯的。"

"为什么?"矮个子说道,"我喜欢朦胧,朦胧带给我们一定的安全感。苍鹰们也知道这一点:朦胧中老鼠和小鸡更不猜疑。"

"老鼠也是?"莱奥不信地问道。

"我认为是的,准确的我当然说不清。"

埃尔基将树叶和尘土扫到一把铲子里，佝偻着身子望着阿帝的膝盖，它在裤子的布料里清晰地突出来。他想：阿帝的腿一定骨瘦如柴。他肯定有病。

巨人上前一步，将他沉甸甸、肉嘟嘟的手放在施滕卡的肩头。"你帮我去工具棚里拿一卷细铁丝来，施滕卡。快去！"

阿帝冲他点点头，像在对一个你头一回让他去取牛奶的孩子点头似的，你对他说：快去吧，听话，别把钱弄丢，不要买脱脂牛奶，要买全脂牛奶，路上也别停留。

施滕卡离开店堂。他的纸箱放在木门外。他拎起纸箱，走进外面的花圃。雨滴马上向他砸下来，"嗒嗒"怒敲着硬纸板。施滕卡不慌不忙，一直走到工具棚，开门进去寻找铁丝。什么也找不到。他倚着门柱，抬头望向寡妇的窗户。谢天谢地，那儿没人站着。这是个大好机会。现在我可以离开……寡妇不会发现我……我随身带着我的东西……现在穿过花圃一直向后走……然后……越过篱笆……

他匆匆抓起纸箱，都没有先锁上工具棚，就沿着被泡得软软滑滑的小路跑向花圃背面。他来到篱笆前，停下来，回头看。没有人跟踪他，连寡妇的窗户都没有微光透过树枝。施滕卡冷得发抖，同时又在出汗，袜子湿透了，鞋皮泡软了，鞋面弄脏了。

篱笆足足有一米高。施滕卡翻爬过去，一蹦一跳地冲下斜坡，很快就消失在一丛密集的矮树后面。没人看到他。

莱奥说:"我真想知道施滕卡跑哪儿去了。找圈铁丝没那么难啊。埃尔基!"

"什么事?"

"你去告诉施滕卡铁丝在哪儿。"

埃尔基走出去。

"他先得弄懂每样东西都放在哪里。"莱奥说道,"他不可能知道。等他在我们这儿待久了,他就会知道了。好,我们不谈这个。"

莱奥说"好,我们不谈这个"的语气就好像高脚凳上坐的不是矮个子,而是埃尔基似的。很可能他在讲这句话的那一刻根本没有意识到是谁坐在他的店里,否则他也肯定不会将他的巨爪伸向一朵芍药花,掐断,拿到鼻子下闻闻。因此,当阿帝以暗示性的卑鄙口吻问话时,巨人显得极其震惊。

"我们应该不谈什么?"

"呃呃呃,"莱奥笑了,"哎呀呀,是的。不是这个意思,呃呃,这是我的一句口头禅。什么意思都没有,没有意思。每个人都有他的……"

"我知道,"矮个子打断他,"每个人都有他的……你的施滕卡离开很久了,不是吗?"

"我去告诉他铁丝卷在哪儿!"

"为什么?"

"让他下回能更快地找到。"

"下回?"

"那好吧,如果我又将他……"

"'又'是什么意思?"

"有可能发生……"

"这我不信。"

"此话怎讲?"

"他不会再来了!"

看到巨人嘴唇直哆嗦,阿帝淡然一笑。

"你不必出去。他走了。你知道他是谁吗?"

莱奥相信,这是一个恶意的玩笑。他想出去,去喊施滕卡,将他叫到高脚凳前来;看到矮个子出一回错,向他证明他的怀疑毫无理由,这样做应该是值得的!

"你知道他是谁吗?"阿帝重复道。

巨人咬牙切齿,愤怒地扯断花儿,将残枝向墙扔去。

"我去叫他。"他不高兴地说道。

"请便。他不会回应的,这就是说:你的声音传不到他耳朵里!"

莱奥拉开门,与埃尔基迎面相撞。

"怎么回事?施滕卡在哪儿?你为什么没有将他一起带来?"

"我没有找到他。"小伙子低声说道,手指旋转着铁丝卷,雨水顺着裤沿滴落在门厅的红砖上。

"让我过去!"巨人推开他,冲进花圃。阿帝和埃尔基听到他在外面喊叫。

"你知道那是谁吗?"矮个子问道。

"不知道。"埃尔基回答说。

"不知道?"

"不知道!"

"真滑稽。"

"为什么?"埃尔基放肆地问道。

"如果两人同居一室,他们之间就没有秘密可言。我当然有可能搞错。我们所有人都有可能出错,毕竟我们都不是完人。你出过错吗,某个时候?"

"有可能。"

"这个,好吧。这么说你不知道跟你一起住的是谁?"

埃尔基摇摇头。

"如果两人同居一室,当他们脱衣时相互观察——先是很谨慎地,你理解的——当他们到最后不再观察对方的皮肤,不再那么久地驱赶睡眠,直到听到对方平静的呼吸,我是指:当肉体的、动物的不信任从他们身上脱落时,我相信,他们之间就再也没有秘密可言了。"

"这样啊。"埃尔基无动于衷地说道,脑海里想着施滕卡。他想:他这样很不聪明……他应该再等等的……矮个子包打听嗅出了苗头不对……但愿大雨还要下很久……施滕卡必须想办法在什么地方潜伏下来……

巨人猛地拉开门，粗气直喘，用他的童棺狠踩地面，踩得地板咯吱吱响，他动作很猛地擦去脸上的雨滴，喊道：

"他不见了。找不到他了！"

高脚凳上的矮个子微微一笑。

"你知道他是谁吗？"他问道。

莱奥摸摸搽过润发油的头发，手在裤子上擦擦。

"我当然知道他是谁。"

"是谁呀？"

"他在一家锯木厂核算过工资。"

阿帝头侧在左肩上，鸟儿似的抬着看着他。

"一家锯木厂？"

"他这么告诉我们的。"

"这世上没有什么比回避真相更容易的事了。"

"为什么？他骗了我们？"

"我们不想这么严厉。"矮个子耳语道，"我们想说：他没有好好对待真相！"

巨人"嗯"了一声，挠挠腋窝。

"他就是我们派人到处寻找的那个教师！"

"那个教师？"

"对。"矮个子厉声说道，离开他的小高脚凳，站起来，"他就是那位教师。你们知道，这么一个人有多危险。谁还没有认识到，教育对一个人的生命有多重要……"

103

"那他就骗了我们。"莱奥嘟囔着,从埃尔基手里夺走铁丝卷。

"他是骗了你们。——教育年轻人的人都是以自己为榜样。他对世界、对数字、对历史的想法……我是指,单独一个人可以教五十个其他人,以他的方式思考、看待和评价邻居。一个教师可以站在他的班级前面,声称托尔斯泰是个颓废的、耽于享乐的作家,他像自然一样,不停地宣扬罪孽,他可以教课堂上学习的猴子们,他的话对他们而言远远不及蜂蜜重要,他教他们对托尔斯泰闭上眼睛,憎恶他。我坚信,早期种植、被一次次浇灌的这一偏见终生都不会枯萎。"

莱奥点燃烟斗,他的膝盖在颤抖,舌头像条虹鱼在唾液里翻滚。他吐口痰。"快,埃尔基,我们去追他。你穿过花圃……"

"为什么?"阿帝打断他,"干吗这么激动?"他露出鄙视的眼神,阴险地笑笑。"你知道:作为其最小部分的总体,距离不会延伸。因此就没有运动。因此那人将不能运动很远——或根本不会运动?对于我们来说,他永远在那里,随时可以抓到他。我们只需要伸出手就能抓到他。"

莱奥脾气很好地咧嘴笑了笑,他知道,绝对不能低估这个矮个子。

"是的,我们随时可以抓到他。——我想到一位诗人,他可能已经死了。他说:不是我们走在道路上,是道路在穿过我们行走,它们穿过我们的心脏。如果我们不再有心脏了——这也是可能的，我承认——那么道路就穿过我们的头颅或穿过我们的心脏曾经所在的位置。我想象这个位置是一座荒凉的游乐场，在那里，狐狸和苍鹰走近孩子们，悲伤的大眼睛密切注视着游戏。"

第六章　绿酒

大雨战胜施滕卡的夹克，抵达皮肤。它似乎很满意。雨滴不愠不火，掉落得更慢、更悠闲了。它们滴落的样子好像潮湿的游戏让它疲累了厌烦了。它们从灌木丛上掉落，从树枝、杂草和屋檐掉落。它们落到地面，无声地破碎；它们落进水洼，转瞬留给世界一个响声：叭——叭——叭。施滕卡冷得发抖。硬纸板被泡软了，但还在服务。鞋子又湿又沉，他真想把鞋脱下扔掉。衬衫贴在他狭小的身躯上。一阵冷风吹来，驱走雨云。

施滕卡奔跑在一条狭窄、光滑的田间小道上。不见鸟儿，不见喜鹊，不见苍鹰。他谁也没遇到。

他想到埃尔基：我应该向他道谢的……埃尔基是个好小伙子……但愿他不会因为我遇到麻烦……上帝保佑！

有什么东西顶着他的大腿。施滕卡把手伸进口袋，掏出左轮手枪。他停下脚步，放下纸箱，擦亮湿枪膛。

我要它来做什么！他想道，绷紧那不起眼的小击锤。食指转动转轮，慢慢旋转。每个弹巢里都装有一颗子弹，总共六颗。我随身带着这支枪做什么？它对我有什么用处？我应该什么时候使用它？我必须将这把左轮手枪还给埃尔基……不过要等以后，以后……它是埃尔基的财产。他手里掂量着手枪，将枪口对着地面；一根手指，不知不觉地，无意识地，弯曲。施滕卡吓了一跳：枪身一震，一束小火苗在枪口一跳，射出了一枪。子弹射进了地里。施滕卡回头看看：没人在观察他。他们会不会听到枪声？他拿起纸箱，将左轮手枪塞进口袋，沿着湿滑的田野小道，尽快往北赶，直到松树林将他接纳。

雨停了，风也减弱了。施滕卡站在一条汹涌的溪流前。天色渐渐暗下来。这就是流过罗斯科夫的客栈的溪流了……罗斯科夫待我很好……我要去找他，请求他允许我在他那儿睡觉……他会同意的，肯定……这回我可以付他钱……

他继续走，顺着汹涌的水流一直往前。鞋陷在烂泥地里，他也不管它，光脚走起来更快更稳。偶尔他弯腰从脚趾之间扯出几根草秸。月亮从松林上方钻出，大大的，黄黄的。月光冷冷的。施滕卡来到木桥，在一根栏杆柱子上擦干双脚。罗斯科夫的客栈里还亮着灯。雨水从屋檐滴进一只桶里：啪嗒，啪嗒，啪嗒。施滕卡慢慢走近房屋。他脚底生疼，脚底弯曲如毛毛虫，就像夏天经常看到它们横穿林荫大道的样子。

他头顶的一扇窗户打开来。施滕卡将纸箱放到一只低矮的长椅上，后退几步，仰头往上看。他马上认出了罗斯科夫的那张脸。要不是月亮悬挂在松树上方，他简直就看不清罗斯科夫的脸的轮廓。他的目光从窗户滑下，停留在黄色的搪瓷招牌上，西方的一家啤酒厂让人在上面印了个胖子，那人五十来岁、长着小而微翘的发亮的鼻子。罗斯科夫在用一块白色软布擦拭他的须疮。

"晚上好。"施滕卡说道。

"好，"客栈老板说道，"你是谁？你想干什么？"

"你认不出我了？"

"认出？我见过你吗？我回想不起来……"

"天太黑了。"

"要认出朋友，是不需要灯的。"

"我们一起观看过麻雀。在这桥上，在一块石头上……"

"溪水很大。再也看不见那块石头了。"

"你建议我去莱奥那儿工作的。"

"在花店里？"

"对。"

客栈老板笑了，不再吱声。

"是你告诉我马托乌斯基死了。"施滕卡说道。

"每个人都可以告诉你的。这事我们这儿妇孺皆知。"

"你给过我东西喝。"

"我吗？"

"对。"

"我给过许多人喝的。"

"也给过我！"

"那又怎样?"

"那回我付不起钱。当时我没钱。"

罗斯科夫突然从窗口远远地探出身子,说道:

"你是不是在一家锯木厂核算过工资?"

"对。"

"你为什么没有立即说?"他又缩回他的上身。

"我以为,你会立即认出我来的。"

"你要我做什么?"罗斯科夫的声音听起来不耐烦。

"我想请求你……"

"长话短说吧!"

"我想请求你在你的房屋里给我一张床过夜。我可以付你钱。明天日出前我就必须继续赶路。"

"你想去哪儿?莱奥将你赶出来了?"

"不是。我是自己决定走的。"

"这样啊。他觉得你可疑吗?"

就在这一刻,店堂门打开了——被粗暴的手推开来。罗斯科夫从窗前缩回头,施滕卡走近长椅。他唯一的愿望就是继续不被人看见。他屏住呼吸,好看清离开店堂的那人的动作。某处有只猫在叫。施滕卡听到有人在走下四级的石阶,停下脚步,打嗝,诅咒,走了几步,又出乎意料地停下了。

"嗨!"有人在他身后叫道。

他没有转身,因为他以为这声"嗨!"不是对他喊的。

"嗨!"施滕卡不敢呼吸,他感觉到肋骨下激动的心跳。只有不必检查自己心跳的人才没有危险。谁说不准他的状态是不是生命的状态,谁先必须听他体内的跳动才知道他还活着,他就不懂如何理解这个生命:一个没有目的、十分自然的,一个来自时间更迭、新陈代谢觉察不到的形成物。为了活命,我们不可以感觉自己是有生命的。

施滕卡听到那人慢慢向他走来。

"你干吗站在这儿,你脚下生根了吗?转过身来!"

施滕卡转身:站在他面前的是民兵的军士。他的猴子似的长胳膊像是多余的东西,垂在身体两侧。当他认出施滕卡就是他在莱奥那儿遇到的那人时,露出他的大黄牙笑了,嘴里散发出浓烈的酒味。

"你不敢——呃——进来吗?里面没人——罗斯科夫会给你点东西喝的,他——呃——也给了我一点。"

月亮望着他俩。

"来吧,我们一起进去。走。——走啊!我们还要一起——呃——走吧!"

军士将他的珊瑚胳膊搭在施滕卡的肩上,将他拉近自己。

"你是怕我吗?——呃——许多人害怕我,可你,你不必害怕我。你长得真像那位教师。但我们会抓到他的——呃——我们会像抓苍蝇一样抓到他……走吧!我们再一起喝一——杯杯杯!"

施滕卡扭开头，试图避开军士呼出的臭味。

罗斯科夫又站在了窗前。军士一定发现他了，叫道："罗斯科夫，给我们点喝的，请你快点。不然我就打烂你的门。"又对施滕卡说："走吧，我们进去。"

施滕卡将他的纸箱留在低矮的长椅上，跟那位民兵军士一起走进店堂。他们走近吧台。罗斯科夫心地善良的妻子艾尔娜在冲洗杯子。

"给我们来一杯，艾尔达①。"军士说道，他的上身俯在黏土长椅上，伸手抓住一根裙带，将笑着抗议的女人拉近自己。

"再给我们来一杯，艾尔达，一杯绿的。"

他捏捏她的颈背，放开她，让她去取酒。

"你想坐下吗？你到底叫什么？"

"施滕卡。"

"你想坐吗，施汀塔？"

"不，不。我宁愿站着。"

"好——呃，那我们就站着吧。谁站着，谁享受的生活就更多。叫我海诺，好吗？"

"好。"

"好吧，叫啊！我想听听，听起来什么样。"

军士将身体俯向前来。

---

① 这位军士多次叫错别人的名字。

"海——诺。"

"正确——呃——海诺！你长得真的像那位教师——但我们会抓到他的，你再耐心点。你有耐心吗？"

"两杯绿酒。"艾尔娜说道，然后又说，"祝你们健康！"

"祝你健康，施汀塔。"

"施滕卡。"

"施滕卡或施汀塔：祝你健康。"

罗斯科夫从楼梯走进店堂，他笑容满面，手里拿着块白布。

"啊，"军士怪声叫道，"瞧谁来了——呃——看谁亲自来了？跟我们一起喝吧，罗斯科夫？艾尔达，给他一杯绿的。你的名是什么——呃——罗斯科夫？你是叫施汀克尔①吗？你的样子就像你叫施汀克尔似的。许多人的名就写在脸上。这位……（他将长胳膊搭在施滕卡的肩上）叫施汀塔。"

"施滕卡。"那位光脚的打断他。

"施滕卡或施汀塔！我不喜欢姓。它们有伤害人的意味。你叫什么，罗斯科夫？"

客栈老板拿布按住下巴。

"马利安。"他低声说道。

"玛丽亚？"军士重复道，"你又不是女人——呃——我母亲叫玛丽亚，我母亲是个女人。"

---

① 原文 Stinker，发臭的人或可疑的人。

"马利安。"罗斯科夫大点声说道。

"什么？马利安？还从没听说过。你听说过——呃——这个名吗，施汀塔？"

"听说过。"

"噢，你听说过。你还听说过什么？嗯？罗斯科夫，你看看这个家伙。他是不是长得跟那位教师一模一样呢？"

罗斯科夫和施滕卡彼此对视，一本正经，好像他们在用他们的目光较量。然后客栈老板说道：

"我要是军士，我就会逮捕他。他跟那位教师长得一模一样。"

"呃——你会逮捕他。我应该逮捕你吗，施汀塔？"他低头看着那个窄胸的男人，发现他是光脚走路的。

"你将你——呃——你的鞋哪儿去了？苍鹰们将你的鞋当成小鸡了吗？苍鹰们偷走了你的鞋吗？"

埃尔基看着他的食指在服从一个无声的命令弯曲，看到骨节敲门。

没有人回答。

他再敲，等待。片刻之后他听到了曼佳的声音。

"进来！"

"嘿，"当他站在她面前，发觉她穿着男式裤子时，他说道，"这是新时尚吗？还是你一夜之间变成男人了？"

他拥抱她，亲她。

"你知道，"他说道，"看到你这样，我就不由得想起一个姑娘，想起我的一个玩伴。我们当时十二岁。我经常发现，她不仅容忍任何有关女孩的天真嘲讽，而且，令我怀疑的是，甚至参与其中。有一天，当我想接她去做某个游戏时，我的怀疑——也许只是一种猜疑——却被证明是正确的。事情是这样的，我去她父母家，敲门，没等人家给我开门，就直接按下了门把手。"

"我完全可以想象你会做出这种事来。"曼佳打断他。

"你先听我说完。"埃尔基友好专横地继续说道，"因为这也涉及你。我想说，当我按下门把手时，我发现那房门是锁着的。"

"可这跟我关系不大。"

"你先等着。我当时知道屋子里有人，因为小屋里的响声证明了里面有人。那女孩是在躲我吗？这故作神秘让我好奇起来。我想，透过窗户看一眼，就能揭开谜底了。但窗户太高了。于是我将一个空雨水桶滚到相关位置，爬上去，将鼻子贴着玻璃。你知道我看到什么了吗？"

"不知道，我怎么会知道呢？你从没给我讲过。"

"我看到了那女孩，那个十二岁的女孩。"

"那又怎么样？"

"她穿着她父亲的裤子，在房间里走来走去。"

"那又怎么样?"

"别老说'那又怎么样'!当看到她这么踮着脚走来走去时,我忍不住大笑起来。她发现了我。——要逃已经来不及了,因为她一定认为,我观看她较长时间了。她打开窗户,我问:'你在干什么呀?你这是穿的你父亲的裤子吗?你似乎不是很喜欢做个女孩?'

"'不喜欢。'她活泼地强调说,'我宁可做个男孩。就像你一样,埃尔基。我想做个男孩。我对做女孩不满意。'"

曼佳莞尔一笑。

"这一切与我有什么关系呢?"

埃尔基拥抱她,手指轻轻敲打她的背。

"你是不是也想做个男孩,曼佳?"

"不,绝对不。顺便说一下——那样对你有什么好处呢?"

"对,正确。你是个女孩,我应该高兴。"

他在床上躺下来,点燃一支烟,看着姑娘,她将他的衣服挂到一只衣架上,关上橱门。

"这是你的裤子吗?"他漫不经心地问道。

"不是。"

"是你借来的?"

"对。"

"我不想知道你从谁那儿借来的。但裤子有时候比衣服更合乎目的。我认为,你今天晚上有安排?"

"是的。有桩小事。——施滕卡到底怎么样了？他还在你们那儿吗？还是不在了？"

"不，他走了。他今天早晨走了。他做得很不聪明，阿帝正好在莱奥那儿。我相信，那个小包打听马上认出了他。"

"那他为什么没让人逮捕他呢？"

"为什么？你几乎不会相信。阿帝怀有特殊目的。他对莱奥说，实际上不存在运动，他甚至向他证明。他声称谁也不能离开一个点。道路穿过我们的心脏，我们不能……"

"教师此刻在哪里？"曼佳打断他。

"走了。"

"你知道他躲在哪儿吗？"

"不知道。我都没有机会跟他告别。"

"那听起来也很像讽刺。"

"什么？"

"告别。"

"你认为，他没有机会离开吗？"

"对。"

"我们等等再说。也许道路会开恩于他。"

曼佳穿上一件有衬里的深蓝色大衣，看都没看埃尔基，在脖子上围上一条围巾，套上胶鞋。

"如果一切没有欺骗我，他想离开。"埃尔基说道，将烟蒂从半开的窗户里扔了出去。

"要猜这个不会很难。"

埃尔基从床上爬起来,双手插进口袋,走到姑娘面前,一直等她"嗒嗒"地按上她的胶鞋的所有纽扣,才说道:

"你什么时候开始变化无常、回答问题时拿我当随便什么人打发了?你什么时候开始搞得这么神秘了?你想让人绑架你吗?我应该走吗?——如果你看重……"他向门口走去。

"你要冷静,埃尔基。过来。"她直起身,向他走去。

"你今天不该来找我的。我很坦率地对你讲,埃尔基。今晚——请你不要误解我——今晚我是最后一次为他们出去。是灰衣人请求我做的。我是说:他请求我。我本来可以拒绝的。我向你保证,埃尔基,这是我最后一次为他们服务。你要是明天来,我就全都解决好了。你没发觉,你进屋时我吓了一跳。"

"你要去哪儿?"埃尔基怀疑地问道。

"去船只那儿。"

"去林中空地?"

"对。"

"我跟你一起去。兴许我能帮助你。还有别的谁在那儿吗?"

"灰衣人要来。"

"是什么事?"

埃尔基松开她的手。

"我不可以说。"

"对我也不可以说?"

"对你也不可以说。"

"谁想阻止我陪你呢？"

"你不会这么做的，埃尔基，我求求你！"

"好吧。是要你去岛上，对不对？去僧侣们那儿？"

"你别问！"

"你必须马上出发？"

"对。你别生我的气，埃尔基。请你理解我。"

"噢，我很理解你。我理解你的一切。当施滕卡得知，我将他的秘密告诉你之后……"

"你给他讲了？"

"当然。当我告诉那个可怜的家伙，我们俩谈起过他时，他脸色苍白得像一堵石灰墙。他立即打听你，想尽一切办法向我刨根问底。"

"关于我？"

"对。关于你。毕竟他有一定的权利得知，他必须与谁分享他的秘密。"

曼佳喘着粗气。

"我知道你这是想说什么，埃尔基。"

"那就好。走吧！你得赶紧了。人家在等着你呢。"

姑娘锁上门。他们走到外面孤寂的大路上，两人都不再讲话。他们脚步的回声无情地尾随着他们。月亮飘浮在水洼里，笑着在他们前面跳跃。

"你想走哪条路?"穿过了集市广场之后,埃尔基问道,"如果顺着溪流走,你能节约十分钟。"

"我会顺着溪流走的。"她低声说道,没有力气拒绝他的陪伴。她想:为了我他应该跟我一起去……我无所谓……不过他估计只会陪我到罗斯科夫的客栈……估计……实际上我根本不认识他……他却好像我们已经结婚了似的……我喜欢他,但是……我真的喜欢他……我非常喜欢他……

"罗斯科夫的店里还亮着灯。"他低声说道。

"是的。"她说。

"我陪你到桥头,然后返回。"

这些话让她很满意。她小心地抓起他的手,他听任她抓着。

"我要是知道,"他慢吞吞地说道,"我要是知道你什么时候回来,我会在小木桥旁等你。不过时间会不会比较长?"

"我不知道会不会要很久。——你伤心吗,埃尔基?"

"我吗?不。我们明晚见面吗?"

"是的,埃尔基。你什么时候来呢?七点?"

"七点。"

然后他们无言地沿着大路往下走,分别想着对方。

这应该是最后一次,肯定是……我喜欢他……很喜欢……

让她去吧……她明天就回到我身边……我很喜欢她……

他们在木桥上停下来。姑娘凝视他良久,从近处直视着他的眼睛,亲他,然后转过身去,轻松地向他挥挥手,跑走了。

埃尔基将上身撑在栏杆上，目送她远去。她的身影越来越小，最后被黑暗接纳了。有一回他相信她向他喊了句什么。听起来像是：再见，或者你要好好待我，或者你要想着我！由于他再也不清楚那是现实还是假相，他认为她喊了。

埃尔基缓缓转身，拖着疲惫的脚步往回走。罗斯科夫的客栈里飘出大笑声。他想一经而过，但灯光吸引了他，他走近一扇窗户，就在腐朽低矮的长椅旁边。这下他听出了军士的声音，军士正在讲："那些苍鹰偷走了你的鞋吗？要说真话——呃——否则我就逮捕你。对真相——咳咳咳——不应该胡说。一个人应该像尊重他的母亲一样尊重真相。我母亲叫玛丽亚——呃——可你的鞋哪儿去了？"

埃尔基希望能够听得更清楚，想在长椅旁往前移移。这时他触到了施滕卡留在那儿的被雨水泡软的纸箱。他马上想道：原来他钻在这儿……他好像处境不妙……他也太不小心了……我得找他去……我们要看看……

埃尔基走进店堂，门"哐当"一声关上了。三个男人，六只眼睛，齐刷刷地望着他。罗斯科夫脸上的笑容顿时凝冻了，施滕卡很明显地耸了耸肩膀。敌意从军士的目光里消失。他率先张开嘴，欢迎埃尔基，怪声怪气地说道：

"过来——呃——你不必讲出你的名，我已经认识你了，我对你很熟悉。至少我对你比对这里这位熟悉——"他指着施滕卡。

"你不是埃斯提吗?"

"埃尔基!"

"埃尔基或埃斯提!艾尔达,给他一杯绿酒。祝你健康,埃斯提!"

"祝你健康。"

罗斯科夫从口袋里掏出软布,擦他的须疮。自从埃尔基出现在店堂里,他就一直不是很舒服。他试图走楼梯离开房间,但军士将他叫住了。

"你留在这儿,罗斯科夫,不然我将你的门——呃——砸烂。"

罗斯科夫留下了。

军士用他猴子般的胳膊抱住埃尔基的手腕,将他拉近自己。

"你仔细看看——"他望着施滕卡,"这个人。是不是会将他错当成那位教师?罗斯科夫,他一直很小心——呃——罗斯科夫建议我逮捕他。你怎么认为,埃斯提?我应该逮捕他吗?我有权逮捕任何我觉得可疑的人。这人让我觉得可疑。你怎么认为,埃斯提?"

"我也会逮捕他的!"

"好,你听到了吗,施汀塔?你被捕了,因为你让我觉得可疑。啧啧啧:我母亲,玛丽亚,有一天也让我觉得可疑。没过多久——呃——我就有了一个小我二十岁的弟弟。艾尔达!再给施汀塔来杯绿酒。"

施滕卡和埃尔基对望一眼，他俩似乎不用讲话就能沟通。埃尔基用眼神制定了一个计划。

军士喝光杯中酒，冲施滕卡眨眨眼。

"你到底想在佩科这儿做什么？你想体验我们的春天吗？还是来这儿做生意——呃？你是想开一家鞋厂吗？"

"不是。"施滕卡说道，苦涩地笑笑，"我要找马托乌斯基。"

罗斯科夫哆嗦了一下。

"找谁？"军士问道，手背一抹鼻根上方长到一起的眉毛。

"找花店的马托乌斯基。"施滕卡重复道。

"可他已经死了啊。他被枪杀了。"

"我知道。"

军士打个哈欠。"马托乌斯基死不足惜。顺便说一下，我从一开始就觉得他可疑——呃——就像你一样，施汀塔。马托乌斯基有家花店，可他几乎分不清继母①和桦树——我指的当然是三色堇。这人到底从哪儿来的，罗斯科夫？"

"他曾经是运木工，在北方。"

"这样啊。呃——那他一定在北方干过什么坏事。艾尔达，再给我们来杯绿酒。这将是今天的最后一杯。"

罗斯科夫温和可爱的妻子再次倒满酒杯，声音不是很大地祝口渴的先生们"祝你健康！"

---

① Stiefmutter，后文中的"三色堇"德语叫作 Stiefmuetterchen。

"我替我的朋友们买单。"军士喝完之后说道,"这整个的眩晕我来付——呃——用钱付,当然。罗斯科夫可能以为我要用我的皮付账吧,是不是?错了。大错特错!总共多少钱?"艾尔娜说了个数目。

"拿去。"军士将许多小票子放到桌子,"全部从中扣掉,艾尔达,余下的还给我——呃——"

"钱数正好。"罗斯科夫的妻子在复杂的计算之后说道。

"好。也好。我们要走了,我的朋友们。施汀塔,你留在我身边,你被捕了,你完完全全被我逮捕了。为了不让你途中开玩笑,我要将这个小孔顶着你的背。我不是——呃——给你挠痒痒。"

军士打开左侧装手枪的枪套。

"好了。出发。"

罗斯科夫和他妻子默送三人离开店堂。军士跌跌撞撞,酒的精灵一直侵入了他的脚趾甲里。当他打算一步跨下石头台阶的阶梯时,埃尔基不得不扶住他。

"埃斯提!"他们站在室外,军士怪叫道,"埃斯提,现在请准确地告诉我你是怎么想的:我应该逮捕施汀塔吗?"

"我们要一起逮捕他。"

"这是个好主意!——呃——我们一起逮捕他。"

军士让那个光脚的人走前面。

"如果你想逃走,我就不再——呃——为你担保,如果你想逃走，我就在你的背上——呃——开枪打个洞，那时你就是透明的——啧啧啧，像块玻璃板。"

三人默默地往前走。施滕卡不再指望埃尔基的计划，他认输了。他想：这个醉鬼要带我去办公室里……他会叫人将我关起来……明天他就清醒了……然后他们会审讯我……撒谎再也没有意义……我将告诉他们我是谁……

电话线在他们头顶的斜上方嗡嗡响。它们相互殴打，好像它们都不肯忍受对方，在进行短暂的相互对打，嗡嗡尖叫，颤抖很久。三人头顶斜上方的电话线显得像歇斯底里的瘦弱动物。

施滕卡和他的同伴没走多远，埃尔基忽然停下来，抓紧军士的衣袖，说："我注意到点东西。"

军士打个嗝儿："什么？"

"我注意到，"埃尔基重复说，"我们一起逮捕的这人，身边没带行李。"

"哎呀，"军士不高兴地嘟囔道，"我母亲叫玛丽亚。我母亲旅行不带行李……呃……"

"你母亲，"埃尔基说道，"不像这个人这样可疑。你母亲没什么好隐瞒的。"

"好吧。你这样认为吗？"

"我这样认为。我们应该没收他的行李！谁知道我们……"

军士打断他，笑着露出他结实的黄牙，拍拍他的肩。

"埃斯提——呃——你真是一个自作聪明的家伙。我们逮捕施汀塔和他的行李。施汀塔！过来，我的朋友！你还想再来一杯绿酒吗？我们应该返回去吗？艾尔达再给我们一杯。呃——你将——你的——行李——放哪儿了？"

埃尔基在军士背后给施滕卡做了个暗示。

"我只有一只纸箱，放在罗斯科夫客栈门外的长椅上。"

"返回！"军士沙哑地叫道，"返回，我的朋友们！我们现在去逮捕施汀塔的纸箱。"

三人原路往回走。每走一步施滕卡就感觉到左轮手枪顶着他的大腿。埃尔基挽住军士的胳膊，不让他撞到树上。军士突然挣脱开，手掌连拍几下脖子，嚷嚷道：

"啧啧啧——我去罗斯科夫那儿时，天在下雨，一只蚊子也不见，但现在，现在它们来了。你刚有点醉意，这些畜生就来了。好了——它们全被干掉了——呃——彻底消灭掉了。施汀塔！蚊子有毛吗？"

"我想——有的吧。"

"你听听，埃斯提！这人自己知道。——呃——这人让我越来越觉得可疑。"

他们很快来到腐朽、低矮的长椅那里，施滕卡将他的纸箱留在了长椅上。埃尔基满意地发现，罗斯科夫客栈里的灯熄掉了，窗户全都关上了。客栈老板一定已经上床睡觉了。

"你的行李在哪儿？"军士问道。

"这儿。"施滕卡说道，拎起泡软的纸箱。

"像个——呃——环游世界的人,对不对,埃斯提?"

"没错。"

"但你得自己拎你的行李。"军士对施滕卡说,"我们不能再浪费时间了——呃——或者,你可以将时间关在你的纸箱里吗?——快走!"

军士握着左轮手枪,向前两步,这样有一阵子他就背朝着两人。这时他的右腘窝遭到异常狠的一击,一个笨重、有棱角的东西击中他的后脑勺,他几乎一下子趴倒在了地上。在埃尔基的仓促示意下,施滕卡向桥跑去。殴打军士的埃尔基好像自己也挨打了似的,低声叫喊,倒在地上,麻醉了一样不再动弹。

"埃斯提!"这时军士也在他身旁叫起来,"埃斯提!你有事吗?他将你打死了吗?他欺骗了我们——呃——施汀塔将我们——这条狗!"

他一直跑到大路,打开他左轮手枪的保险,连开好几枪。然后他冲回埃尔基身边,俯身察看,看样子他提前清醒过来了。

"他从我们手里逃掉了,埃斯提,但我们还会抓住他的,耐心好了,我们还会抓住他的。他打中你哪里了?头部,是吗?"

从一扇窗户射来灯光,罗斯科夫远远地探出身来,叫道:"有什么事吗?"

"滚开,"军士咕哝道,"不然我给你好看。"

罗斯科夫赶紧将头缩了回去。

施滕卡气喘吁吁地沿着被泡软的溪岸奔跑。他听到了枪声,知道它们是针对他的。光脚踩得地面叽咕叽咕响,他跌倒,又挣扎着爬起,重新摔倒。纸箱,这逃亡路上讨厌的障碍物,在他摔倒时掉进了溪流。他没有想办法将它捞回来。他想,如果他那样耽搁的话,军士会赶过来的。

赶快离开这儿……去松林里……到了那儿我就安全了……至少暂时是……我要休息……然后继续走……可去哪儿呢……先继续……

施滕卡速度不减地继续往前跑。月亮依然在他前面,摇晃着它的黄色头颅。溪流,这条充满活力的小猛兽,汩汩地、潺潺地流淌着。

一赶到松林,施滕卡就停了下来。狭窄的胸脯里有剧烈的刺痛感,他呼吸急促。他屏息片刻,朝着所来的方向倾听。听不到什么声音,追踪者一定还离得很远。黑夜在冷却他的太阳穴,但不够。一只贼鸥在很近的地方鸣叫。饿了吗?

这是一只海鸥的叫声,施滕卡想道,附近有座湖泊……

他继续往松林深处慢慢走。每走一步左轮手枪就顶着他的大腿,顶着他那瘦弱痉挛的大腿。地面又冷又潮湿,这样好。如果地面是干的,松针可能会伤到他的脚底。

我会染上肺炎的……我得给自己弄双鞋……埃尔基……他帮助我逃跑……他再也帮不了我什么了……他已经为我做了很多……奇怪,他当年没有引起我的注意……当年,当我在他班

127

上讲课时……我根本回想不起他来……

施滕卡猛地停下,倾听。他听到一种短促沉闷的响声,听起来像有人将一块铁弄掉在木地板上。

军士吗?他在追我?

不,他背后没有人,至少现在没有人。响声没有重复,万籁俱寂。只有风低声呻吟着穿过高大孤独的松树树梢。

施滕卡迟疑地走了两步,分开一株灌木,紧靠湖泊似乎长了无数这种灌木。他又向前走了几步,再次停下来。

他的面前再也没有松树了。他认出了一块沙质的林中空地,空地上有几条船。龙骨朝上。船只之间有个苗条的人影在移动,显然是个姑娘。施滕卡不敢暴露自己。喊叫可能吓坏她,至于她会逃走,他倒一点没考虑过。

第七章　意外

埃尔基一夜无梦，于五点左右醒来。他不想等到莱奥喊他才下去。他爬起床，将褐色的被子铺到箱板上，从大钉子上摘下破镜子，盯着自己的脸看了很久。他的目光滑过施滕卡曾经放纸箱的位置。他现在会在哪儿呢……但愿他们不会找到他……他那么不小心……军士变得野心勃勃……本来我不该过问的……现在是施滕卡的事，是军士的事……

劲风摇撼着窗户，外面很冷。埃尔基望望室外的花圃，他都感觉是秋天了。一只苍鹰在莱奥轻易获得的财产上方盘旋。

小伙子驱走他的杂念。他喜欢这样做。他命令它们去罗斯科夫的客栈，去木桥，去松林，去林中空地。派他的思想去水面，去岛上，那些古怪的基督的仆人生活在那里。他看到姑娘、他的姑娘在岛上走来走去，这让他开心。侧墙背后的一声低泣分散了他的注意力。寡妇醒着。他打开一只细长的黄色硬纸盒，将开口朝下，滑出一把剃须刀，他伸手接住，两只指甲插进刀片的槽里，将刀片竖起。埃尔基再次对着破镜子照照，手背抹抹下巴和脸，他确定还不用刮胡子，又收起刀片，穿衣离开房间。他正想走下第一级楼梯,就被叫住了。他慢慢转回头。寡妇站在他身后,她只穿了件无袖的印花布罩裙,白皙的光脚插在破毡拖鞋里。她咧嘴笑笑,眼睛哭得红通通的。

"您有什么事?"埃尔基低声问道。

女人走近他。

"埃尔基,"她以一种疲惫、绝望的口吻说道,娇滴滴的笑声消失了,"我只想问你点事。你能不能到我房间里来?一分钟?"

小伙子踌躇地望着她。这女人一定遇上了什么事,他还从没见过她这样。

"您生病了?"埃尔基低声问道。

"我感觉不是特别舒服。"寡妇说道。

楼下没有任何动静,莱奥好像还在睡觉。

埃尔基点点头,告诉女人他愿意去她的房间。她走前头,让他先进门,又在他身后锁好门——特别惬意,好像她将一只小鸟诱进了笼子里。

"您有什么事?"埃尔基问道。

"你坐吧。"她说,"不是这儿,是椅子上,椅子更舒服。"

埃尔基既好奇又鄙视,冷淡地望着她。他恨这个女人,现在还恨。仅仅是她的举止变化才说服了他走进这个房间。

"你想吃点什么吗?"

"不。"

"喝点什么?"

"不。"

"一小口热茶?这对身体很好。"

"不。多谢。我去下面吃。"

她像是很遗憾地耸耸肩,在床上坐下。印花布罩裙绷在她的大腿上。埃尔基发觉了。他也看到,在她的心脏正在很有弹力地从事工作的地方,某颗纽扣毫无顾忌地将那里的布料绷得紧紧的。

"我请你来我这儿,埃尔基,是因为我有件要事必须跟你说说。"

"我等着呢。"

"你没耐心。"

"莱奥马上就要叫我下去了。"

"算了吧,莱奥!"

"要是他知道我在这儿……"

"那又怎么样?"

"您想——对我说件要事?"

"是的,当然。"她动动破毡鞋里的脚尖,摸摸左太阳穴。埃尔基想:她会有多大年龄呢?……她一定有过漂亮的秀发……她还在等莱奥吗……她也没有那么老……我估计她在……哭肿的眼睛当然造成假相……

寡妇抬起头,说:"我知道与你同居一室的那人是谁。你们交谈时声音太高了！我每句话都听得清清楚楚！"

"他走了。"埃尔基说道，站起来。

"我知道。他穿过花圃，从后面爬篱笆走的。"

"您看到了？"

"是的。"

"您想对我说的就这些吗？"

"不是。"她将绵软的胳膊肘儿交叉胸前，像个衣着单薄的女审讯官，以女性特有的严肃和严厉望着埃尔基。

寡妇说道："正在悬赏抓他。我需要钱。我想离开这儿。"

"您想举报他？"

"我想。我会做的，如果……"

"您就直说吧！您想顾虑我，是不是？您没有举报他，是因为我知道他是谁。"

埃尔基满腔仇恨地看着她，想往门口走。她拦住他的路。"你支持了他！"

"对。"

"你给了他钱和一把左轮手枪。"

"是的，我今天还会这么做的，明天，其他的任何日子也会的！请您让我走！"

寡妇没有让开。埃尔基就站在她面前，他能闻到女人的皮肤。她的胸脯快速起伏着。

"你到底为什么恨我，埃尔基？"

"这您自己知道。"

"有些人在我这儿会快乐……"

"请您让我走！"

"你不应该这么草率行事！如果我举报……"

"您举报去吧！我不怕。您快去吧。"

"你要冷静，埃尔基。你坐那儿去。——我们什么都可以心平气和地讨论。——我想离开这儿。"

"那您就离开啊！"

女人想将胳膊放到他的肩上安慰他，但动作做到一半就停住了。从楼下，从门厅里，嗡嗡地传来莱奥饱满的雷鸣声：

"埃——尔——基——"

"请您让我走。"被叫的那人低声说道，伸手使劲推开女人，拉开门，冲下楼梯。

谢天谢地，莱奥不在等他。巨人去店里了。

"早上好。"当他站在那个强壮的男人面前时，埃尔基小声说道。

"早。"莱奥嘟囔道。他的左脚踩着一根花茎，他穿的衬衫没有领子。"你去花圃里用车推土，埃尔基。另外你还得弄扎花的铁丝。你听懂没有？"

"听懂了。"

"好！我们不谈这个。"莱奥突然将脸转向小伙子，用他那眼眶儿红红的小眼睛看着他，说道：

133

"你知道他是谁吗？你跟他一个房间睡觉来着。"

"对，我知道。"

"你没有听懂我的话，埃尔基。你知道，这个施滕卡就是那个到处都在寻找的教师吗？"

"对。"

"好吧。"巨人慢条斯理地说道，"原来你也知道。我还以为只有我知道呢。当军士来到时，我就确定我是将工作给了谁了。那个可怜的家伙让我同情。你相信他危险吗？"

"不。"

"教师是危险的。我们必须一直小心提防他们。可这个施滕卡，他看起来很无辜。你从哪儿认识他的？"

"在卡拉的时候。"

"好。我们不谈这个。你知道，他眼下待在哪儿吗？"

"不知道。"

"你去花圃里忙吧。"

埃尔基离开花店，走进一个收拾得整整齐齐的小房间，房间里只有两把椅子，一张固定住的、铺着油布的桌子和一只老掉牙的碗橱。他的早饭就摆在桌上：两片椭圆形的厚面包和一块熏肉。他将肉放到一片面包上，拿另一片压在上面，咬一口，咀嚼着离开小屋。没拿面包的那只手拉开通向外面花圃的绿门。风将门甩在墙上，摔得铰链咯吱响。他从窗户看到的那只苍鹰还在那里，翅膀几乎不动，任风吹过来吹过去。

埃尔基吃力地重新关上门,走向存放设备的低矮的工具棚,脑海里想着施滕卡:他会在哪儿……他怎么样……昨天他还在这里……昨天……

"噢。"这时有人在他身后说道,"已经起床了?这么早就开始工作。白天还长着呢……"

埃尔基飞速侧转头,只见矮个子男人正从工具棚后面走出来,自负地微笑着,他一只手插在口袋里,脚步轻盈地走近,不必身体前躬抵抗寒风,好像这个不耐烦的元素伤害不了他似的,好像空气中一点风没有似的。

"我研究过一点花卉。"矮个子说道,"我想查明,下雨天它们如何打发时间。我觉得,那些彩色的小东西很无聊。"他淡淡地笑笑。埃尔基讲不出话来,因为震惊,因为惊奇,因为不信任。站在他面前的人是阿帝,他还清楚地记得他,因为昨天在店里他是坐在小高脚凳上来着。阿帝盯着他的鞋,做作、无耻地微笑着说道:

"在西南有个国家,那里的人工作得很多。那里有个谚语广为流传,我们这里也应该教教的。它说:早晨嘴里含着金①。你理解吗?"

埃尔基摇摇头。他不敢讲。

"这个谚语,"矮个子说道,"跟几乎所有的谚语一样是不

---

① 意为"一日之计在于晨"。为与后文呼应,在此直译。

合逻辑的，但并非很荒谬。早晨——呜呜——我有点冷得发抖。早晨将我俩含在嘴里。不是吗？可以这么说吗？但愿它不会合起颌骨。——莱奥起床了吗？"

"起了。"

"他在哪儿？"

"我想，在店里。"

"好。我们去拜访他。就我对他的认识，他会高兴的。因为有几件新闻！你陪我去吗？"

"我得……"

"可现在总不会……"

"好，我一起去。"

埃尔基走在前面，顶着寒风无情的阻力打开绿门，回头看着阿帝，等矮个子走进屋里后，他又随手关上了门。

阿帝站在过道里，望着他，低声说道："我想给他个意外。"

"谁？"埃尔基同样低声地反问道。

"莱奥——还能是谁。"

矮个子伸出他的苍白、无毛的手，抓住门把，旋转，以明显训练有素的谨慎拉开店门，然后屈着膝盖行走——埃尔基观察得很仔细——他的头离地面只有几掌高，从门柱旁探进去。

埃尔基想：可以认为他是个孩子或一个弱智……这真是个怪人……很聪明又很荒唐……或者，这会不会是恶作剧呢？他突然吓了一跳。阿帝站直了，不停地上下摇动门把，发出母鸡般不安的嘎嘎声,一直嘎嘎叫着,将脸转向小伙子,示意他与他一起进店里。就在这时意外的事情发生了。莱奥,那个巨人,从埃尔基在里面用餐的小屋冲了出来(原来他已经不在店堂里了)。

他嘴里嚼着东西,手里拿着一大块熏肉。他先是看到埃尔基,喊道:

"什么畜生在这儿嘎嘎叫?都让人要耳鸣了!谁想在这儿下蛋?"

"早晨嘴里含着金。"这时矮个子说道,冷笑着走上前两步。莱奥结实的咀嚼工具顿时不动了,他的眼睛睁大了,粗壮有力的手指捏紧熏肉。他没料到这个客人。偷袭成功。

"早上好。"矮个子说道,"祝你胃口好。"

莱奥不相信地盯着他,他的咀嚼工具又犹豫地磨动起来。埃尔基看着巨人的脖子,看着那口让皮肤稍微鼓起的食物沿着食管光滑的通道往下滑去。

"这可真是个意外。"口腔里空了后,莱奥说道。

"真有意外吗?"矮个子问道,"一个人,如果他每一秒钟都非常专注地活着,如果他否认偶然,认为最远就是最近,那么还能让这个人感觉意外吗?"

"我们要不要到店里面去?"莱奥说道,将肉塞进埃尔基的手里,让他拿进小屋。

"很乐意。"阿帝说道,微微一笑。

莱奥让他走前面,自己在他背后迅速放下了衬衫的衣袖。

"去哪儿?……"

"我就坐这张高脚凳上。"

"椅子更舒服,椅子上有软垫。"莱奥提出不同意见。

"谁坐在软椅上,就不会那么容易相信意外。我更喜欢坐高脚凳。我不喜欢意外。有人总结出了这么个经验:如果一个人坐在沙发椅里,他的注意力每四秒钟就会动摇一次,而坐在高脚凳上是每两分半钟。"

他说的动摇是什么意思?巨人挠着腋窝。

"注意力减弱——"

"哎呀呀,当一个人打呼时,他就在睡觉。"

矮个子哈哈大笑。

"这几乎是符合逻辑的。这个逻辑甚至有点神秘。它给了我一个意外。你知道什么是意外吗?"

巨人眼看自己已经束手无策地在思想的滑冰上来回跟跄了。他想勉强笑笑,但那微笑像愚蠢的自我招认。他感觉某个地方——大脑里或胳膊里——有着要将这个自作聪明的矮个子扔出去的冲动。他知道,顺从这一冲动是绝对荒谬的,但它存在,它不容否认。

"你知道什么是意外吗?"阿帝重复道。

埃尔基走进来,关上门,靠到一根门柱上。

"幸好你在。我们在谈论意外。或许你会感兴趣。你说呢?"

"如果听到门厅里有嘎嘎声,"莱奥说道,"人们会以为是一只该死的母鸡跑错了路,又想出去。当你打开门,不得不看到嘎嘎叫的不是母鸡,而是一个人时:这就是意外。"

"真的?"矮个子问道,"你也这样看吗,埃尔基?"

"是的,当然。"

"我不敢苟同。我更相信,这种情况下那只是一个失望,一个错误。发生意外时,时间起着很大的作用。"

莱奥相信他将矮个子逼入了困境,挑衅地问:

"那到底什么是意外呢?"

"可惜我想不起什么特别的事情来。"阿帝承认道,"但我记得两个例子,我想在这儿举出来:一只蜈蚣习惯了同时移动第八百一十二条和第一百一十四条腿,当它望着它那一排没有尽头的腿时,发现第一百一十四条腿早就没有了,而是第二百六十二条腿在忠心耿耿、没有怨言地服务——我称这是个意外。明白吗?"

莱奥哈哈大笑,没有回答。

"你怎么看,埃尔基?"矮个子问道。

"我觉得有趣。"

"有趣?"

"对。"

"是有趣。另一个例子,如果我没记错,是讲的一个美国人。这有点复杂。你们想象有这样一个人,本来要在一根桥栏杆上吊死他。他盯着他的真正死敌，那根绳子，十分高兴地发现绳子很细，看上去就好像它无法承受一个人的重量，会断似的。然后绞索被套上脖子，拉紧。然后那个可怜的人被推了一下，跌下去。他感觉到了有力的冲击，以为绳子断了，他越落越深，掉在水里，又浮上水面吸气，这时子弹击中他的身旁，他赶紧潜下水，让水流将自己冲出好大一截，来到岸边，爬上去，奔跑，跌倒，又重新挣扎着爬起来，还有邪恶的子弹在呼啸着陪伴他。但他终于赶到了具有保护作用的森林，筋疲力尽地躺倒在一棵树底。但他没来得及睡着，就被大叫声吓坏了。他爬起来，睁开眼睛，发现细绳子很好地承受了他的重量，他在栏杆上晃荡，他以为听到的那声喊叫，是从桥上传来的。——这一定是意外！"

矮个子望着他的鞋，不吱声了。

"这只是想象。"巨人嘀咕说。

"可以这么认为。"阿帝说。

三人沉默片刻。莱奥和埃尔基想着那个遭遇如此意外的男人，矮个子想着别的什么。室外下起雨来。集市广场上，两个老太太紧赶慢赶，想找地方躲雨。如果她们不是相互挽着的话，会走得更快。

监狱大门外的哨兵将他的枪靠在墙上，穿上一件雨衣。罗斯科夫站在他的窗旁，用一块湿布擦拭流水的须疮，观察着溪流。罗斯科夫金发的、可爱的妻子艾尔娜正用一把大剪刀剪着锡箔纸条。

阿帝慢慢抬起头。他没有微笑。当他说话时,他的声音冷冰冰的:

"我有点事得告诉你们。"

他停顿一下,埃尔基的身体离开门柱。

"我希望你们别意外。"阿帝说道,"村长今天上午去了湖畔的林中空地。要将姑娘送去岛上。我们在仓库里都讨论好了。"他顿住了,思索着。

埃尔基的身体挺直了。

"姑娘出什么事了吗?"莱奥问道,眼睛望着小伙子。

"是的。姑娘死了。村长在船只之间发现了她。"

埃尔基颤抖起来。他抿紧嘴唇,闭上眼睛。这是有可能的,他想。他的脸色变了,双手痉挛,头颅里的血流变得迅猛起来。他站立不稳,好像被准确、有力地击中了,摇摇欲坠。这会是施滕卡干的吗?……是他杀害了曼佳吗?……一定是他……他一个人……她让他感到意外……在他想逃跑时……他逃跑时不需要有证人……我的天……施滕卡……如果这是你干的……是你干的……上帝饶恕你吧,施滕卡……

"我们必须找到凶手。"矮个子严肃地说道。

"我们会找到他的。"

"我认识……凶手。"埃尔基低声说。

"他就是那位教师。"矮个子说。

埃尔基点点头，转过身去，一声不吭地离开了店堂。

"他似乎很受打击。"阿帝说。

"是的。"

"他认识那姑娘？"

巨人挠着腋窝，回答："他们想结婚的。"

"我们会找到凶手的。"

"这帮不了小伙子。"

"我们不可能将她唤醒。"

"不可能，当然不可能。谁死了，就永远死了。"

"可死了是什么意思呢？死亡只是时间的大计算尺上的一个微小的运动。"

"我们应该做什么？"

"军士和几个人已经出发，去追赶他了。"

门上传来小心翼翼的敲门声。莱奥和矮个子以为是埃尔基回来了。两人对望一眼，然后莱奥闷声说道：

"进来！"

门被慢慢推开了。寡妇站在门槛上，只穿着司空见惯的、无袖的印花布罩裙。莱奥怒冲冲地走向那女人，想将她轰出去，这时矮个子说道：

"请进来吧，善良的夫人。您有什么事？"

"她根本不会有什么事。"莱奥发怒地嘟囔道，但他不敢让寡妇出去。

"您是想要芍药吗，"矮个子又问道，"还是要金盏花？如果您想装饰一座坟墓，您就拿金盏花吧，它们会自己生长的。金盏花与死神有个神秘的约定。"

"胡说。"巨人嘟哝道。

女人压根儿不理睬莱奥，走近矮个子。

"我认识那位教师。"她突然说道。

阿帝跳起来，好像一只昆虫蜇了他一下似的。

"您说什么？"

"我认识你们寻找的那位教师。他拎着他的纸箱穿过花圃，翻越篱笆跑走了。"

"您看到他逃走的？"

"对。"

"您从哪儿知道，他就是我们要找的那人呢？"

"他给我讲的。"

阿帝和莱奥对视一眼。矮个子又坐了下来。

"您知道，"矮个子问道，"正在悬赏捉拿他吗？"

"是的，这我知道。"

"那您为什么没有立即举报他？"

"因为她近视、耳背。"莱奥嘟囔道。

"我不近视！"寡妇叫道。

"请冷静，善良的夫人。当我在这花店里头一回见到施滕卡时，我就知道他就是那位教师。"

寡妇震惊地望着矮个子。

"对,对,"矮个子点点头,"莱奥、埃尔基和我,我们大家都知道。因此您告诉我们的不是什么新闻。"

"你可以走了。"巨人吼道,"你给我滚!我不想再见到你。请你离开我的房子,今天就走!你——你——唉——快滚吧!"

矮个子微微一笑。女人无言地走出去,随手关上了门。

"她是谁?"阿帝问道。

莱奥用食指指指他的心脏,然后做了一个坚决拒绝的手势。

阿帝的笑容慢慢消逝。

他说道:"我们暂时不会派人去岛上。我认为,我们应该先抓住教师。"

"要怎么处置他呢?"莱奥问道。

"我们还没抓到他。"

"不会难的……"

"我们要让他没有危险。"

"什么?"莱奥的声音里透着担忧。

矮个子站起来,走了几步。

雨点不停地敲打着窗户。

"我们会阻止他运动,我们会清除他的思想,我们会排除他的食物烦恼。"

"死?"巨人问道,一边搓着脖子。

"没有危险。"矮个子说道,"我们不能将一个人,就说他的成就吧，包括一个人的思想成就，从世界上排除。每个人都留下他的痕迹，有形的或无形的。你在散步时用脚踢开的石子，你给自己割的枝条，被杀死的昆虫，让鞋子磨损的房屋的地板，我们的不朽几乎存在于每一种变化之中——人每天都在改变他的世界。这里我们也许应该谈谈一种小小的不朽，一种袖珍型的不朽。因为伟大的不朽是建立在巨大的思想里。一个伟大的思想能够更持久、我要说更有意义地改变世界。这与逻辑无关。"

巨人认真聆听了阿帝的话。矮个子说的话给了他启发。他甚至找到了插话的勇气。

"那么，"莱奥说道，"那么死亡就根本没有意义！"

"为什么？"矮个子问道，虽然他意识到了巨人的联想。

"如果一个人留下危险的思想，"莱奥说道，"他是否还活在世上都是一码事。他不在场也在起作用。"

"这是正确的，但只是乍看如此。死亡很灵活，它有点能耐。它帮助我们将思想与肉体分开，与它们的创作者分开。只要还有思想的魔鬼炸药在那后面形成的额头，只要还有腐殖土给予这些思想营养。如果这个额头消失了，就更容易让幽灵中立。"

"什么幽灵？"巨人问道。他装得好像他理解了似的。

"头脑的幽灵。死亡——我不想说它不可能——有着一只巨大的、带钟形玻璃盖的乳酪盘的特性。每个被它偷袭的人留下的东西都暂时被罩在玻璃盖下面。不是永远,自然,有些情况一目了然地证明了这一点。这么一只乳酪盘被稍稍掀起,这些小畜生就无声地一哄而散,找到腐殖土:额头,额头。"

莱奥笑了。"畜生,这大概是指罪犯们吧?"

"不是。"矮个子说道,"思想。"他抬起头来。朝着大路的门很响地锁上了。莱奥走近大窗户。

"有客人来了?"矮个人问道。

"不是,埃尔基走了。"

"他要去哪里?"

"我不知道。"

阿帝出乎意料地站起来,冲莱奥点点头,离开了花店。紧接着巨人就看到他在横穿集市广场。

第八章　凶杀

施滕卡的呼吸渐归平静。他用一只手拨开一丛灌木的顽劣树枝，努力望向林中空地，那里有个身材苗条的姑娘在船只之间时隐时现。这地方虽算不上荒凉，却是很偏僻，这时辰在这里见到一个姑娘，施滕卡十分吃惊。

她在这儿做什么？……她为什么在船只之间跑来跑去？……时间一定很晚了，还是很早呢？……她是打算……不，这不可能……她没有力气单独一个人将船拉下水……她在等一个男人吗？我不能让她发现我……也许我会遇上她在等的那人。

夜色明亮。月亮栖息在世界苍老的脊背上，它属于每个人又不属于任何人：运木工的月亮，嘶哑的贼鸥的月亮，火红的金盏花的月亮，咀嚼着的驯鹿的月亮，阿帝的月亮，罗斯科夫的月亮，艾尔娜的月亮，埃尔基的月亮，猴子军士的月亮，胖子莱奥的月亮。

施滕卡默默地观察姑娘。

一只鸟儿坐在一根树枝上，低头啼叫。它发现了施滕卡。无人回答这只发火的动物。他，光着双脚，一动不动地守在一丛灌木背后，谁会对他这样一个男人感兴趣呢？

施滕卡寻思：要是姑娘离开了，我就可以想办法将一条船推下水……水不会留下痕迹……我要划船渡湖，在什么地方上岸，再将船推离岸……或许他们会认为我被淹死了……我要是知道姑娘有什么打算就好了……有可能她自己想逃走……

一声嘶哑的叫喊，就在他附近，让他吓一跳。他慢慢转头：有个人站在他身旁四步远的地方。

这就是她在等候的人了。

姑娘显然没听到喊叫，她向下走向沙滩，向岛屿张望了很久。施滕卡能看到她将被风吹乱的头发拢到脖子上去。一棵松树在他身后呻吟。施滕卡在颤抖，他的光脚火辣辣地痛。站在他身旁四步远处的那人还没有发现他，那人趴到地上，慢慢爬向林中空地。不时传来叮当的声音，好像有谁在敲杯子似的。爬行者身后拖着一只亚麻布做的小袋子。

他为什么搞得这么神秘？施滕卡想道，她看上去是在等他呀……他想吓唬她吗？喜欢看她被吓坏的样子？

姑娘还站在沙滩上。一只贼鸥大叫起来，疯狂地拍翅从林中空地上空飞过。奇怪的观察者一直爬到一条船边，站了起来。他的身体站在暗影中，但月光洒落在他的脸上。见到这颗头，施滕卡吓了一跳。那是一个疯子的头颅。

她等的是这个人吗？……我无法想象……他看上去既和善又危险……他既像个孩子又像个野人……

他感觉到什么东西轻轻顶着大腿。是那把左轮手枪。施滕卡伸手到口袋里,掏出枪来。小武器握在手里很合适,它就是为这只手制造出来的。施滕卡感觉到了隐隐的安全感,没有收起手枪。

姑娘移开目光,不再观看岛屿,她往后一甩头,甩掉额上的头发,往回走向船只。疯子躲到暗影里。他蜷缩一团,像只准备扑上去的猛兽,身体贴着船壁。姑娘毫不猜疑,没有预感,越走越近,背对着施滕卡和潜伏者,在一条船的龙骨上坐下来。她垂下双腿,脚跟踢打木板,踢得很有节奏。施滕卡放开他手里的倔强树枝,树枝"呼"一声弹了回去。他担心随时会发生什么不测,像疯子那样匍匐着往前。他极其小心地移动,屏住呼吸,或至少克制着呼吸,直到他认为将距离缩短得够了。一个自然的掩护体——一根被暴风吹断的粗壮树枝,挡住了他的全部视线。他冷静地、有点害怕和担忧地盯着那人,预料他会采取突然袭击。疯子似乎不急。至少神经已经累到了极限的施滕卡这么觉得。又是好几分钟过去了。

姑娘背后突然响起汽笛般的嘹亮尖叫。到现在为止一直未被发现地蹲在船影里的那人猛地站起,淫荡地大笑。姑娘被这突发事件吓坏了,迅速跳下她的座位,急转过身来。月亮照在她的脸上,像照着一个浅浅的小水塘。施滕卡发现她在颤抖。这么说她等的不是他……我当时就想到了……这个怪人有什么打算呢?……

"您到这儿来干什么?"姑娘问道。

"我在寻找春天,呵呵呵。我已经发现它的线索了。另外我在找我弟弟,一个运木工。我在绑住春天的双脚,绑住我弟弟的双手。"

他是疯子,施滕卡想,但老了,没有危险。老头缓步绕船行走,把手伸向姑娘。她被他吓得连连后退,但只退了几步,然后她准备迎击他。

"所有人,"老头低声说,"都是巨大的鸟儿,他们只需要昂起他们的头颅,伸到云层上方。"他拔出一根插在捆绑他皮袄的绳子下面的菖蒲根,咬一口,咯吱咯吱地嚼。

"你父亲是什么?"咽下去之后,他问道,"他是不是一条溪流?或者是一根树枝?"

姑娘没有回答,她不停地向空地边缘张望,希望有人来。

施滕卡见后得出结论:她等候的显然是另外一个人。

老头胡子之间发出一种嘹亮的响声,呢喃说:

"你在这儿做什么?你想跟月亮玩儿吗?它会让你失望的。月亮不是小猫。它不会被你引诱下来的。或者——你想过去?去岛上?"

姑娘不回答。

老头意外地一跳,张开胳膊,原地旋转起来,先是慢慢地,然后越转越快,又慢下来,越来越慢,直到最后停下来。他咧嘴笑笑。这一笑得到了姑娘的回应。好像这一笑拆除了不信任的墙。

"你叫什么?"老头问道。

"曼佳。"

"噢,这名字好听。我叫彼得鲁卡。"

"彼得鲁卡?"

"对,你喜欢吗?"

"喜欢。可它不适合您。"

"那我应该叫什么呢?你帮我重取个名吧。"

"您的样子像只老猫。"姑娘取笑说。

老头洪亮地笑起来。

"说对了。我长得像只猫,因此我应该叫猫。"

他伸手从背后拿出一只布袋,慢吞吞地解开袋子,一只手伸进去。老头掏出一只小猫,将那动物扔在一条船的龙骨上,猫儿躺在那儿,一动不动。姑娘忍住了,没让自己惊叫出来。

"你不需要抚摸它。"

"它死了?"

"是的。"

"那您干吗还随身带着这动物?"曼佳问道。

"我发现了它。在一座仓库里。他们要不是杀死了这只猫,那我……"

"在谁的仓库里?"姑娘打断他。

"那仓库不属于任何人。"

"但一定有人建造了它。"

老头咯咯笑：

"是黑夜建造了它。那座仓库属于黑夜，而黑夜不是任何人。"

曼佳的大眼睛怯怯地望着他。他这样胡说八道，让她害怕起来。她试图往后退几步，可他马上发现了，跟着她跳上前来，又拔出一根菖蒲根，说：

"你想咬一口吗？很好吃。这根是鱼的外婆。咬吧，咬啊。"

"我不喜欢。"

"你为什么不喜欢？"

"我不饿。"

老头叹口气。

"我也不饿。"他说道，"但我还是要咬一口。锻炼牙齿。"

他咬下一口，又将菖蒲根插进绳子下面。他一边咀嚼，一边回头张望。

"这儿很漂亮，是不是？"

"是的。"曼佳说道。

"这儿很少有人来。你信吗？"

"是的。"曼佳说。她怀疑起来。

"你不想告诉我谁是你父亲吗？你认不认识他呢？你记起他来了吗？"

姑娘不答。

老头走近她,双手抱住她的头,扭向后面,让月光照亮她的脸。他打量她很久,突然推开她,唠唠叨叨地说:

"我认识你。我见过你。告诉我,谁是你父亲!你母亲在哪儿?"

曼佳吓得直哆嗦。她真想跑走,但她做不到,因为老头只需要伸出胳膊,就能挡住她的路。

"你父亲在哪儿?"老头又喊道。

"这不关您的事。"

"我的耶稣啊,"老头呻吟道,"你知道我是谁吗?"

曼佳摇摇头。

他双手卡住她的脖子,食指小心地摸向她的耳后,停留在伤疤上。

"我的耶稣啊,"老头低语道,"你都不知道我是谁。我是一把不太大的黄色钥匙。我已经坏了一些年头了;我摔碎在一个灶台上。——你母亲在哪儿?"

"请您放开我!"姑娘嚷道,"您到底想要我做什么?我可没伤害过您。"

"你没有伤害过我,没有。你就跟这只猫一样没有伤害过我。你看,它死了。它没有伤害过我,但还是死了。它再也不会捉老鼠了,它不会再喵喵叫了,它不会再晒太阳了,它也不会再观察鸟儿了。它为什么要这样呢?因为您的小小心灵今天是一只鸟儿。一只长着白色小喉咙的山雀。"

曼佳从他的手里挣脱出来，背抵着一条船。她求助地望向林中空地的边缘，但没有人来。彼得鲁卡双手前伸，慢慢接近她。他的眼里冒着仇恨的火花。

"你父亲不是溪流，"他厉声说道，"也不是树木。你父亲是我弟，那个聪明的运木工。我在湖对面、在森林里寻找他。我还没找到他。"

"您不要烦我。"姑娘十分害怕地叫道，"您要是不马上走，我就喊救命了！"

"喊吧，喊吧！松树听不懂你的语言。它们不会让你的喊叫传出去的。松树喜欢安宁。当运木工去找她时，你母亲也没喊救命。你母亲十分平静。"

姑娘瘫痪了似的，她双脚蹬地，想爬上船，跑去森林另一侧。她无法做到。她张嘴想喊，希望会有人听到，赶过来。她的嘴唇张开，颤抖，抽搐，但从它们之间只钻出一声轻声呻吟。老头察觉了，伸手抓住她的下巴，厉声说道：

"你为什么不喊？喊救命啊，你这温柔的狮子。不行，是吗？喊叫不想被生下来。喊叫比小孩子更强大。小孩子不管愿不愿意，都被生下来；喊叫能够反抗，不让自己被生到世上。你，我的桦树，你不该来这世上的。你明白了吗？你现在难过吗？你当然难过。所有人一生中都会因为看到过月亮而难过。只有小鸟、只有苍鹰不会为它们在这儿难过。你知道这是谁告诉我的吗？我的耶稣啊，这是我的斧头对我讲的。你不信，是吧？你如果不信，可以对我直说。我的斧子经历很丰富。它有许多故事好讲的。要我将它拿给你看看吗？你想跟这斧子交谈一下吗？你父亲，那个聪明的运木工，也一直想与我的斧子交谈吗？当我要将它拿给他看时，他跑走了，再也找不到了。我的斧头声音很大，一个危险的声音。它一开始讲话，我的耶稣啊，你就必须堵住耳朵，闭上眼睛。否则你就无法忍受它。可你大概以为我是在吹牛吧。你肯定在想，他在给我讲童话呢。斧子不懂什么童话。我要让你看看它。"

老头在身后摸索，将布袋拿到前面，慎重地打开，掏出一把斧子。

"这就是它了。"他说道，亲切地望着那把工具，"你看不出它阅历丰富。"

曼佳闭上眼睛，试图平息她的急促呼吸，她告诫自己，只有冷酷才能打动这个疯老头。这就是当年那个摔钥匙的人吗？她想道，一定是他，不然他怎么会知道。这么说这就是我父亲的哥哥了——我的天，我该怎么做。我该做什么？

她张开眼睛，怯生生地问道：

"这把斧子你拥有很久了？"

"这把斧子很老，比你年龄还大。但它的牙齿尚未脱落。它还从没有咬过我。它也永远不会咬我。你父亲，那位运木工，这么多年来它一直就想咬他……"

施滕卡躲在他的自然掩体背后，到目前为止他几乎每句话都听懂了。当老头亲切地形容他的斧子的声音时，他都忍俊不禁了。他认为他是个不怀恶意的、发疯的老流浪汉：他没有危险。实际上我可以站起来，走向他们……这样做也许是最好的……老头肯定熟悉这一带的所有道路……他完全是在疯言疯语……她干吗要害怕他呢？……她可真没有理由害怕的……她应该咬一口菖蒲根……我无论如何是会咬的。

施滕卡收回快要麻木的右腿。大脚趾划过沙地，留下一条小槽。踝骨上的皮肤火辣辣的。躺着令他感到痛苦，饥饿折磨着他，让他极度难受。他的目光落在小左轮手枪上，它被他静静地握在手里，散发出暗淡的光泽。现在可别开枪，施滕卡想，我会比老头和姑娘更惊慌……我到底应该怎么处理它呢？……扔掉！——扔掉？……这把左轮手枪是埃尔基的……

他突然吓了一跳，抬起头。

一声喊叫撕碎沉默，在林中空地上方扑翅飞翔，一声只发出了一半的喊叫，一声还没有完全生下来就死掉了的喊叫，一个姑娘害怕的喊叫、痛苦的喊叫。施滕卡看到了老头高举的斧子，看到那把噬咬的工具，那把会讲话的工具——至少照彼得鲁卡的说法——向姑娘飞落下来，愤怒地，贪婪地，无情地，顺从地，快意地，臣服地，落向姑娘的脑袋。施滕卡看到姑娘"扑通"一声跌倒，断了，瘫了，被伐倒了，像一棵桦树。而老头，那个疯狂、不安、孤独、可怜的怪物，这个怪物什么也不想，只想着一位弟弟、一个瘦削的女人和一把黄钥匙，于是，在让他的斧子咬过之后，在喂给了它食物之后，老头站在那里，咯咯笑着，取出菖蒲根，咬下一截。

施滕卡一时丧失了行动能力，这一瞬间很短、极小，却是关键性的。随后他跳起来，手握左轮手枪，离开地面，冲上前去。彼得鲁卡听到他在接近，转过头来，那颗长着稀疏头发的头颅。他吓了一跳，尖叫一声，一种自我警告，抓起小猫的死尸，抓住它，转过身去，又回望一眼，摇摇摆摆地从林中空地跑走。

"站住！"施滕卡喊道，"请您站住！"他想道：上帝啊，你快站住，不然我就开枪了，不然你就不会有好下场了。

可是彼得鲁卡，那个疯老头，没有反应，继续摇摇摆摆地往前跑。

施滕卡嘴里喊着"站住"，边奔跑边拿手枪瞄准逃跑的那人，但他没打算向他开枪。可这又算什么呢！老头距离具有保护作用的松树只有两三米了。食指觉得这太过分了，它无法忍受，弯曲。它弯曲，扣动扳机，那个机械的、唯命是从的小东西。子弹等的就是这个，这个短短的信号。随着一道火光，它钻出枪膛。每颗手枪子弹都向往异地。

您看，施滕卡想道，谁让您不站住的。

子弹在离具有保护作用的树木还有一步之遥时追上了老头，可怕地推了他一下，让他丢掉了斧子和猫，子弹洞穿皮袄，从背后钻进了他的胸膛。而他，他原本装着没听到，摇摇晃晃地离开,好像他是无法赶上的、无法跟踪的。现在他呻吟着跪到地上,胳膊上扬,好像他必须抓紧似的——也许是抓住天空——手指抠进掌心,摇摇晃晃,用尽最后的力气试图挣扎着站起来,最后趴倒在地上。

施滕卡目睹了这一幕,闭上眼睛。这种事他没有预料到,坦率地说,他没有相信这把小左轮手枪。这把小武器让他觉得可怕。他睁眼望着他的手:它在那里,满意,安静,纹丝不动。恐惧和仇恨向他袭来。他远远地向后抡起手臂,将手枪抛进了湖里,激起几道微不足道的水花,然后水面又恢复了平静。完了,结束了。我会对埃尔基讲,我将它弄丢了……他会相信我的……他必须相信我……他反正无法调查……可能的话,我会给他钱……曼佳!她就是埃尔基的未婚妻啊!……老天啊?小伙子会怎么说?……她死了吗?

施滕卡跑向姑娘所躺的位置,弯下身去,但不敢碰她。她闭着眼睛,额头和脸上在出血。他凝神谛听,看能不能听到呼吸声。什么也听不到。有一会儿,他潜意识里想,她只是想骗他,她还活着。要不是某件特殊的事让他想到这种情况,他不会这么想的。他突然感觉好像是站在卡拉他的教室里。班上有个臭名远扬的大懒虫,一个肤色白皙、早早地就疯长个子的学生,名叫西肯。他问西肯什么是花丝。西肯没有起立,而是引得全班哄堂大笑地回答:"电话线,尤其是在夏天,当街道上灰尘很多时。"施滕卡将他叫去前面,命令他弯腰,想打他几下。

但没等棍子抡起打第一下，懒虫西肯就倒在地上，一动不动。毫无疑问，他昏倒了。他的脉搏跳得很慢。他有生命危险吗？施滕卡冲出教室，去喊校医。——但某种东西，他自己记不得是什么了，又让他折回头。他打开门，看到西肯正笑嘻嘻地爬起来，可笑地模仿施滕卡，走回自己的座位，赢得了同学们的热烈掌声。

施滕卡的背上泛起鸡皮疙瘩。他甩掉这一记忆，盯视着姑娘。她纹丝不动。他拉起她的手，她没有反应。他再也摸不到她的脉搏。

姑娘死了，老头将她打死了，一个疯子……

他转过身，望向林中空地的边缘，当子弹追上时，老头跌倒在那里。施滕卡吓了一跳：那里没人；那身躯不见了。是他搞错了吗？想到这里他既害怕也高兴。

松树上方的月亮更加苍白了。早晨开始夺走它的颜色，芦苇里渐渐有了生命的迹象。时辰一定还早得很。

如果那颗子弹没有击中他……这很有可能……我是边跑边射的……他欺骗了我……我必须抓住他……我必须追赶他。姑娘反正是没救了……我可以单独留下她，我必须单独留下她……

施滕卡开始追踪。他找到了彼得鲁卡栽倒的位置，他也找到了斧子和猫的死尸。他不去想他自身的安全。他手无寸铁，也不去想老头可能躲在一棵松树背后，伏击他。他钻进森林。

密集的树梢拦住了苍白的月光,这里比空地上还暗。但清晨相距不远了。

施滕卡停下脚步倾听。他不熟悉森林的响声。一只啄木鸟在他的附近敲啄。湖面上传来一声鸟叫。就这些。他没有依据,不知道应该朝哪个方向挪动光赤的双脚。于是他顺从自己的感觉,为了有个方向,与湖岸平行地往前走。地面软软的、湿湿的,散发出腐树根的味道。风吹得芦苇左右摇摆,它们在睡眠中耳语咕哝。水声潺潺。当施滕卡踏到特别软的地面时,感觉脚趾间有东西在往上冒。

他考虑是不是应该返回林中空地,耐心等待晨光。但他很快又抛弃了这个念头,因为施滕卡知道他无法在姑娘附近待上五分钟。她的在场,一个死人的在场,令他无法忍受,毛骨悚然。他停下脚步,背抵一棵粗大的松树。他的唇在抖,胸脯发痛,他饥肠辘辘。他想:要不是这饥饿……一切都要容易得多……一切会更容易忍受……他伸手摸摸发烫的额头。我在发烧,他想,我得给自己弄双鞋,鞋……施滕卡嘲笑自己。鞋——哪儿来呢?他低头看看他的光脚,只看了一眼。他的脚让他难受,他觉得好像他待它们太小气了,面对它们他感觉良心不安。他命令大脚趾动动。它们动了,它们没有抵抗,动起来,毫不拖延地执行了命令。施滕卡寻思:我要是撕碎手帕,包住双脚,也要比光脚走路好。他背抵松树,掏出一块脏乎乎的湿手帕,铺在地面,他交叉双腿,擦干脚底。血脉流畅,很舒服。大脚趾出现反射反应。它们在点头吗？感激？

一声低沉的哼哼声引起了他的注意。他收起手帕，小心翼翼地慢慢站直。他屏住呼吸，以便在哼哼声再起时能够辨别出它传来的方向。他倚靠的松树在呻吟。我该继续往前走吗？我应该等待吗？如果继续往前，我可能走错方向……我会不会还是击中了他？……他在死去……上帝啊……我必须赶到他身边……我要喊他……如果他需要帮助，他会回应的……他会回答我，哪怕只是一声哼哼……

他挺起胸膛，张嘴喊道：

"喂？嗨！您在哪儿？"

没有回答。

"喂！您为什么不回答？！"

施滕卡真想喊叫：您还能回答吗？您再哼哼一次吧，那样我就能找到方向了。

他相信，那人不想答理他。他也没有搞错。那个人，他的斧子能够讲话，当它反抗时他控制不住他的噬咬的工具，一颗铅灰色的异物钻进了他的胸膛——那人躺在烂泥里，正忙着吐出涌进口腔的血——他不去想那血是从哪儿来的。他趴在那儿，感觉潮湿战胜了他的皮袄。一半脸还干的，还算干净，另一半躺在烂泥里。突然，他的理智开始摇醒老头，他残存的理解力活动起来。

我的耶稣啊，你为什么躺在这烂泥里？你个鸟，你个黄雀，你为什么不抬起屁股，走进你的茅屋呢？你难道要在这里一直躺到冬天吗？或者一直躺到来年春天？别装得好像躺在烂泥里吐血是愉快的事似的。如果你弟弟，那个运木工，看到你这样的话——好了，来吧，彼得鲁卡，你个吃菖蒲的家伙，爬起来！否则我们就必须分手，我的耶稣啊，否则我们可能就必须各走各的路了。毕竟我们必须相互适应。——马上起来吗？抬起尾骨！——用双手撑住啊！——烂泥的感觉不舒服吧？不舒服又如何！不管怎样，游戏时我们还是有默契的！彼得鲁卡！老疯子！我是你的理智、你的理解力。爬起来，不然我们就各奔东西了。

那人顺从了。他双手插进淤泥，用力一撑，慢慢抬起头。这时他发觉仅有一只眼愿意服务。另一只被弄脏了。小事一桩，我们可以待会儿去湖里洗干净。好了，现在蜷曲一条腿！让它支在身体下面！这条腿应该支撑！它不应该这样做作！你看，行了。现在你挣扎起来了，就像你在林中空地上挣扎着爬起来一样。这回也行的。

彼得鲁卡几乎垂直地站着。诺，你看，什么都可以的。你看看，你能做到的。我能够判断出来，彼得鲁卡，我可是你的理解力，我们俩携手合作。

老头伸出脚，踉踉跄跄，绝望地挺直背脊，吐血，想离开，又重重地趴倒在烂泥里。

抹布，他的脑袋里嗡嗡地说道。

彼得鲁卡呻吟。

施滕卡听到了这声呻吟，喊"喂！""嗨！"和"您在哪儿？"

可怜的老头根本没想到回答。他坚信他根本不可能发出声来，都没有尝试一下。嘴里满满的很难喊叫，彼得鲁卡满嘴是血。

施滕卡等啊等啊，这对他可不容易。他可以认为是发生了下列情况：要么呻吟的那人离开了，要么是他没能让人注意自己。面对这么一种形势，最好是放弃等待，去做自己本来要做的事情。

施滕卡朝着他以为是呻吟声传来的方向走去。脚底板在淤泥上打滑。他很高兴没了小手枪。他相信，接纳和吞没它的水流同时也将它犯的罪一起拖下去了。一个单纯、透明的愚蠢念头。美丽的荒谬！如果是这样的话，如果他没有负担、没有瑕疵、没有罪责，是的，如果他没有罪过地走上几步，突然遇到一个人静静地躺在泥沼里，那他施滕卡会有另一副表情的。他也不会透不过气来，喉咙里出现难受的窒息感，如果他，像现在这样，偶然来到那人躺着的地方的话。当施滕卡看到那个不幸的人时，他想：天哪！这里发生什么事了！这是谁干的？他无法理解这是他干的，至少是他的食指干的。然后他想说点什么，但不行，他的气管像被绳子系住了似的。

彼得鲁卡的脸躺在烂泥里。他一动不动，沉默不语。他又好讲什么！数鸟儿的羽毛有多少种颜色吗？描述他长出第一批胡子时的感觉吗？

　　施滕卡单膝跪下，伸手去摸那个可怜人的身体。但它在距离没几厘米处又被吓得缩了回来。可以听到咕嘟声和咯咯声。是淤泥吗？是彼得鲁卡吗？不管怎样，那是一种响声，一种变形、破碎的响声，它让施滕卡重新意识到了形势。他揪住躺着的那人，抓紧，手指抠进他的皮袄，试图将他拖到干燥处。当他没能成功时，当他发觉自己太虚弱、无法这么做时，他只能让伤员翻过身来，仰面躺着。施滕卡筋疲力尽地直起腰。他不得不闭上眼睛，他觉得树木在开始旋转。他舌抵牙龈。饥饿不容拒绝，饥饿在将他折磨。

　　快睁开眼睛吧！周围到处都是食物。大地不让任何人饿死。这里也是。在这儿的烂泥里你也能找到吃的。睁开眼睛吧。你面前躺着一个人，你好好看看他。他身上缠着根绳子。他将什么插在绳子里呢？那不是一根菖蒲根吗……

　　施滕卡张开眼睛，看着脚前的那人。他一定还活着，因为有一刹那可以看到彼得鲁卡在用舌尖顶出一个嘴角里的血。施滕卡盯着老头皮袄上的一根被弄脏的菖蒲根。没有意义，他想，我帮不了他。至少在这种状况下帮不了。我几乎无法从这里移开他。现在我必须理智，现在……

　　老头闭眼躺在他面前，几乎停止了呼吸。施滕卡向他弯下身去，去抽菖蒲根。绳子不肯就这么轻易地交出。他用力拉：菖蒲根断了。他慌忙拿起一截，后退两步，转脸不再看那人躺着的地方，在裤腿上擦干净菖蒲根，贪婪地咬一口，咯吱咯吱地嚼起来。附近传来一只凤头鹧鸪嘹亮、不安的警告的叫声。施滕卡用牙齿咬进菖蒲根里，转头观看，同时扫一眼躺着的那人。牙齿立即松开了菖蒲根。彼得鲁卡还默默地躺在那儿，但一只眼睛，也就是没有被污泥糊住的那只眼睛，盯着施滕卡，盯着坐在那里的人身上。你不能说这只眼睛里的神情特殊。但不管怎样，不管怎样，每一只人眼都有一根倒钩。施滕卡感觉到了老头目光里的这根倒钩。目光倒钩钻进肉体中引起的骤然的疼痛，引得咬过菖蒲根的那人想藏起他偷来的东西。他十分尴尬，嘴角含着请求理解的微笑，它在这里很容易被与讥笑搞混，他尽量将拿着菖蒲根的手藏到背后去。彼得鲁卡纹丝不动。施滕卡不知所措，希望现在能讲一句话，一句解救他、让他恢复行为能力的话，他虽然有两只眼睛，却无法顶住那只眼睛的目光。

此时老头呻吟起来，抬起手。他想向施滕卡招手，但他再也没力气了，那只手疲倦地落在淤泥里。施滕卡让菖蒲根掉在了背后，用光脚踩碎了。然后他冲向伤员，扑倒在他身边，帮他清理脏眼睛，手忙脚乱，气喘吁吁。事实上直到此刻他才理解了他面前发生的事情，此刻才理解。他的细小、正直、善良、编了号码的教师大脑直到此刻才正常运转起来。他解开绳结，撕开胳膊上的皮袄，察看黄色的皮肤。什么也找不到。子弹射入的位置是在背上啊！他当然不会想到，子弹有可能暂时在身体里，它在那里面甚至感到舒服。他双手抱起那颗头，彼

165

得鲁卡脏乎乎的、头发蓬乱的头,将它托高一点,察看,欣赏,将它安放在他的黑手帕上。彼得鲁卡发出呼噜声。他无法反抗,教师直起身,一筹莫展地环顾四周。

"苍鹰——在这儿——干吗呢,我的——耶稣啊……"彼得鲁卡口齿不清地说。

"苍鹰?"施滕卡问道,"哪儿有苍鹰?"

他抬首上望,在松树的树梢间发现了晨空。

"看不见有苍鹰啊。"

"打死苍鹰。"彼得鲁卡含糊地说道。

施滕卡趴在他身旁的淤泥里,从自己的衬衫上撕下一块,清除老头嘴角的血。

"好了。"他讲话的语气好像他让那个可怜的人摆脱了巨大痛楚似的,"现在可以了,马上就会好起来了。我要跑去佩科叫医生。"

"让苍鹰走开。"彼得鲁卡含糊地说。

"可我不见有苍鹰啊。您在发烧。我要想办法将您搬去干燥的地面。"

他弯腰想背起彼得鲁卡。老头想摇摇头,但他只做到一半,而这足以让施滕卡放弃他的打算了。

彼得鲁卡闭上眼睛,眼皮一跳一跳的。

附近的芦苇里扑啦啦飞起一只野鸭。清晨降临了。

施滕卡审视地回头看看,看能不能发现一只苍鹰。至少他没发现。老头在呢喃着什么，但没法听懂。

"您在讲什么？"教师担心地问道，"您有什么愿望吗？我能为您做什么吗？"

彼得鲁卡张开眼睛，默视他片刻，然后结结巴巴、口齿不清地说道：

"告诉我弟弟——告诉那个运木工——我口渴——我的耶稣啊——告诉——我的——弟弟——"短促的呼噜声，身体抖动痉挛。"让他钻出他的藏身地——这个聪明的弟弟——他不必再害怕了——不必怕我——不必怕斧子——他藏得——很好——他应该——"舌头从嘴角顶出鲜血。"不出卖这个好的藏身地——赶走苍鹰——它为什么这么看着我？——啊！"

施滕卡不敢说什么，他也不敢动弹。

"快走吧。"彼得鲁卡含糊地说，"去告诉我弟弟——他藏得很好——你会告诉他吗？你不应该伤害他——那个聪明的运木工……"他沉默了。

"你兄弟住在哪儿？"施滕卡问道。

老头点头。

"他住在佩科？"施滕卡问道。

"到处。"老头说完，头歪向一侧。施滕卡不满意。

"我会去找他，将一切转告他。"他说道，"可我必须知道他住在哪儿。至少我必须知道他的名字。不然我找不到他呀。"

彼得鲁卡的脸上表情呆滞，你会以为他在回想。他满嘴是血,突然咕噜咕噜地说出一个名字。谁之前从没听说过这个名字的,就无法听懂他。施滕卡熟悉这个名字,他当场就明白过来了。它叫作:马托乌斯基!教师想:马托乌斯基有许多……现在先得找出正确的那个……不可能是花店老板……我的天!……他从前不是运木工吗?……罗斯科夫不是说过吗……当时,当军士在场的时候?……施滕卡望着老头,老头的眼睛盯着他的嘴唇。

"他死了!你弟弟死了!他们将他枪杀了。"施滕卡几乎是在喊叫。

彼得鲁卡将头转向另一侧,沉默不语,不再看着站在他面前的那人。

施滕卡不安地颤抖起来。

"我去佩科。我赶紧去叫个医生来。请您躺在这儿。您不用担心。肯定不用。我很快就回来。我们会帮助您。对。"他胆怯、绝望地望望老头,在淤泥地上移动他的赤脚。当他来到林中空地边缘时,他发现了两个男人,他们正在低声交谈,检查沙地上的脚印。其中一人用短颈圈牵着条猎狗。

第九章　结局

"这么早就出来了?"罗斯科夫站在他的窗前朝下面喊道。

"闭嘴。"军士嘟哝道,"第一已经不早了,其次阳光明媚。太阳都升起来了,你还能躺在床上吗?"

"这要看情况。"罗斯科夫说道,擦拭他的须疮。

"你的太阳恐怕是艾尔娜吧,对不对?你的钟显示几点?"

罗斯科夫转头看看,说道:"十一点刚过。"

"那我们还有一点时间。给我来杯绿酒。"

军士几乎与从楼梯上下来的罗斯科夫同时走进店堂。

"今天有什么特殊的事情吗?"

"为什么?"军士问道,打量着客栈老板斟酒的双手。

"喏——猎犬之类的。"

"有人被杀了。"

罗斯科夫"啊"了一声。"你们已经抓到他了?"

"谁?——埃尔基牵着狗上路了。他们发现了一条线索。——给我!"军士抓起杯子。

"祝你健康。"

"哦哦——再来一杯。"

"线索一直通到这条该死的溪流,然后就结束了。"

"他是从水里走的。"罗斯科夫热切地说道。

"才不是。"军士认为,"你相信他是在浴足的吗?"

客栈老板假装生气,望着他的手指甲。

"马上就得剪了,对不对?"

"谁?"罗斯科夫吃惊地问道。

"那些昨天出生的犹太孩子。"

两人都笑了。罗斯科夫壮起胆子问道:"他昨天杀害了谁?"

"你说的'他'到底指谁呀?"

"我想,凶手是个男的。"

"原来如此。——埃尔基的未婚妻被人用斧子砍死了。"

"曼佳?"

"是的。"

"我的天哪!"

"什么?"

"同情。"罗斯科夫不安起来,手指摆弄着酒桶龙头。

"那——她死了吗?"

"自然。她挨了两斧子。本来一斧子就够了的。"

"那她躺在哪儿呢?"

"在船边。在林中空地上。"

"你们会找到他吗?"

"埃尔基找去了。小伙子如果抓到他,会杀掉他的。他气得快哭了。"

"谁?"罗斯科夫不安地问道。

"埃尔基。还能是谁?——祝你健康!"

"祝你健康!"

"谢谢,谢谢。会健康的。呜呜。我马上派几个人下去。您得将那两人运回来。"

"那两人?"

"对。姑娘和老彼得鲁卡。"

"为什么是老的?是他杀的吗?"

"不是。他也死了。背部中弹。"

"万能的上帝啊,这不可能!"

"什么叫不可能!一切都是可能的。人什么都做得出,总会有谁被一把打开保险的手枪击中……"

"可怜的彼得鲁卡,"罗斯科夫打断道,"他被枪杀了。被那个杀死姑娘的人?"

"看样子是。"

"他那么有趣,乱蓬蓬的,像头熊。你认识他吗?"

"再给我一杯绿酒,最后一杯,喝完我就得走。我当然认识那个老头。我为他难过。"

"你们在哪儿发现他的?也是在林中空地上吗?"

"不是。"军士说道,"相距不远,他躺在烂泥里。"

"他是窒息死的？"

"我对你讲过了，他是被枪打死的。"

交谈被一台老式电话机气急的、肺结核似的叮铃声打断了。罗斯科夫拿起听筒，示意正想付账离店的军士留下。军士打个哈欠，露出一嘴结实的黄牙。

"对，"罗斯科夫对着听筒里喊道，"没错——还没有过来——过来——刚刚过来——我会通知的——我抓紧时间——去追，村长先生——是——人来了——一切正常——自然——对，刚刚走过去——不——必须——什么？——咳咳咳——呸——怎么？哎呀，好——早上好，早上——什么？——挂断了。"

"谁呀？"军士问道。

"村长。您不必去叫人了。他会将他们一块儿带过来。另外他想知道，你俩——你或埃尔基——是不是有谁刚刚走过去。我说：是的，我说，军士刚刚走过去了。村长要我告诉你，他将带几个人来这儿。我的客栈是必经之路啊。"客栈老板满怀期望地望着军士。

"那你可以再给我一杯绿酒，我……"

一阵唾沫飞溅的剧烈咳嗽打断了他，那么久，直咳到喉咙里某处掉下一团黏液。军士呼吸急促，佝偻着背，双臂在空中乱舞。

"我的天哪，这可是感冒了。"罗斯科夫说道。

"别讲废话。你干吗老是讲'我的天哪'或'万能的上帝'？我认识的你可不是这样的。这有什么意义吗？你知道上帝是什么吗？"

一只钟在半点的时刻敲响。"那儿，你听到了吗？"军士问道，"这有可能是上帝。但我们会抓到他的。"

"谁？"罗斯科夫天真地问道。

"别害怕。"军士说道，用食指弹走了桌上的啤酒杯垫，"我这是指那个杀害了姑娘和彼得鲁卡的人。"

"有怀疑对象吗？"

"我想是的。"

"那位——教师？逃掉的那位？"

"还能是谁呢？但愿他们马上过来。他们再不抓紧时间，我就一整瓶都喝没了。"

莱奥咽下最后一口熏肉，拿手背擦擦嘴。就他一个人在。打嗝。熏肉真好吃，只不过老是塞牙缝里。……我必须给埃尔基放上三天假……可怜的小伙子……我们要是早知道这事……我会踩烂那个笨蛋，那个斜眼母鸡……我觉得他绝对和善，无依无靠……真是活到老学到老……有耐心就会有经验。谁的学习能力胜过教学能力，谁就知道不谦恭就无法活下来。

巨人站起来，拉拉卡住的裤背带，拿手掌抹掉桌上的碎屑。他想唱歌。当他发现唱不好时，他吹起了口哨：

喔唷，喔唷，小褐马，

拉我们来到神堂前……

然后到了一个他认为他会唱的位置：

床啊床，

已为我们铺整齐，

温暖又舒服，

消磨时光最适宜。

莱奥发出的是种舒服、沙哑的咕噜声。他感觉空气中有种可爱的气息。已经够不幸了。用力拉开小屋的门，巨人走出门，来到过道上，站到那面淡绿色的镜子前。我是个多么强壮的家伙啊，哎哟喂！他对着镜子里的自己微笑。镜像也对着他笑。他的眼神既友好又带着恐吓。镜子反射回来。我的下巴刮得太不干净了。剃须刀的懒惰。刀片耀眼的闪光所开的玩笑。往头发里抹油！拉直拳曲的、亮闪闪的润发油，折射阳光的油。

集市广场上游戏的孩子们的天真喧哗传进莱奥的耳朵。尖细、娇嫩的低声喊叫，惊喜、幸福、害怕、说不出原因的恐惧的喊叫。喊"啊"，喊"嗨"，喊"噢"。孩子们站在光亮处，在一束光芒里活动。孩子们的叫声像耳膜上闪烁的露水，包括莱奥的耳膜。我现在想穿件新衬衫。它让我骄傲和心情愉快。莱奥打开一个五斗橱的抽屉,拿出一件衬衫,一件有红色条纹的白衬衫——走进他的花店。脱下旧破烂,每天一件新衬衫!要是有这个经济实力就好了!巨人的上身掠过一阵鸡皮疙瘩。背阴处还很凉。春天的小小诡计。新衬衫上过浆。衣领,哈,硬邦邦的。还有袖口!一句话,是一种享受。

孩子们的低叫声撞在橱窗的玻璃上,莱奥发现他穿着新衬衫正在经历一场变化。一股和解的狂热攫住了他,他感觉必须将曾经脱轨、曾经失控的一切重新纳入正轨。一件衬衫舒适地影响到了大地的精神。或者:衣服——质变。

啊呀,我感觉好舒服啊。

莱奥迈着精确的步伐走近橱窗玻璃,毫不费力地透过玻璃观看。雨停了。焕然一新的蓝色天空。有浅色眼睛的奇迹。漂亮。无忧无虑,凡事不操心,开朗的天真。不是鼹鼠的天空。巨人离开店堂,跨过他的房屋的门槛。

"嗨。"他冲着孩子们叫道。

孩子们中断喧哗的游戏。

"过来。"

一个个踌躇不前,有的回头张望。

"你们怕我吗?哈哈哈。谁最先到这儿,给他两个格罗申。"他的肉嘟嘟的大手掌里有两枚硬币在可怜地叮当作响。"好了,预备……"

一个头发没梳、衣服上打着补丁的小男孩走出孩子群，慢慢走近巨人。

"你为什么不跑？"莱奥喊道。

"他们都怕你。"

"是吗，害怕。你不怕吗？"

摇头。

"好，过来。"他给了男孩硬币。"拿去给自己买点东西。"这时巨人发现小家伙少了左眼。

"噢，你那是怎么搞的？"——你到我跟前来，是因为你只看得见半个我吗？

男孩没有回答，跑回他的伙伴们身边，他们立即将他围在中间，要求他张开手。看到硬币后，他们欢呼雀跃，跑进了小巷。莱奥记起来，那里有棉花糖卖。

"你们这些野小子。"莱奥友好地嘟哝道，转过身去。他重新走到镜子前，做个愉快好色的鬼脸，发现他绝对还不是废物。胡说！我感觉才二十七岁。要是我说我二十七岁，那我就是二十七岁！每个人都可以确定他自己的年龄。至少只要他活着，只要他在这里有发言权。——巨人噘起嘴唇，像是要在姨婆干枯的皮肤上偷偷亲一口似的。他少了样东西。一枝花？对。你可是满店的花，需要的话就去拿上一枝。

莱奥拿了枝玫瑰。

你瞧他在那里趾高气扬，因为玫瑰将他装扮。

巨人又回到镜子前，对镜做了个鬼脸，他拉直衬衫衣领，将花拍拍紧，自我夸耀一下。然后他犹豫地回头张望：带着这两公担的男子汉气概干吗去呢？总得找到适合它的地方啊！他的目光落在年老破旧的楼梯上，它通向埃尔基的和寡妇的房间。上楼！那里有个可怜的孤独女人，当她还能给你新鲜时，你曾经追求过她。你不羞愧吗，莱奥？上去向她赔罪。去忏悔！别再犹豫了。想想她曾经让你快乐过多少小时、多少个日夜吧。现在她整天穿着她的印花布罩裙，坐在床上号哭。可怜的轻佻的女人。我离开你，我做得不对。我想重新拥有你，你应该重新拥有我！

莱奥，这个有着儿童智商的肥胖巨人，轻轻走上楼梯。他知道，有一级楼梯，如果你将脚踩在它的隆起部分，会吱嘎得特别厉害，但他记不得是哪一级了。为了上楼时尽量不被发觉，他想到个一步两级的主意。这样，他想，他就有可能不会踩上厌烦地嘎吱响着出卖他的那级了。于是他抓住栏杆，将他的魁梧身体往上拉。看样子幸运垂青于他，因为他一直来到楼梯尽头，都没有引起吱嘎声。

埃尔基房间的门开着，吹来穿堂风。

埃尔基不在，这正好合适。莱奥想道，她安安静静。钥匙孔——他俯下身体——啐，她将它塞住了。我敲门吗？我直接用手指敲她的门？对，为什么不呢？这可是世界上最简单的事情。理当如此。她会感到意外的。可能她会相信，我是要偷偷告诉她一个春天预防寒脚的秘方。

巨人敲门。

"您等等。"两秒钟后女人叫道,"等会儿,我马上就来——好了。"

她打开门,看到了莱奥。一看到他的脸,她就感觉出他的到来与店堂里发生的事件无关,不是来禁止她住在他的房屋里的。发现了对方秘密的优势让寡妇的眼睛一亮。她让到一旁,腼腆、猜疑地抬头看着他。他几乎不理她——不是因为骄傲而是因为难为情——摆着架子从衣着单薄的女人身旁走过。他在房间中央停下来,证实并满足地肯定,自打他最后一次来这上面,这里几乎没有发生任何变化:窗前两张旧式椅子,靠墙摆放的、貌似有佝偻病的高脚床,屋角镜子前的小桌子。莱奥感觉好像这期间什么也没有发生似的。没有任何变化的房间让他相信,感情是可以收藏、腌渍的。她站在门旁,盯着他壮硕的背。他快速转过身来,久久地直视着她的眼睛,温和、几乎困倦地笑笑,说道:"实际上已经太晚了,不是说早安的时候了。但也可以假设钟表很懒,对吗?"他大声笑起来。"这么一假设,还是可以说早安的。"

她盯着她的脚尖,脚趾在破旧的毡鞋里动动,很清楚她为什么没有张嘴。

莱奥斜觑一眼,说道:"我今早在店里说的都是废话。"

"什么呀?"她问道,假装忘记了。

"滚……矮个子阿帝在场啊。我不是这个意思。那只是我心中的怒气。"

她倚着门柱,头后仰,呼吸粗重。她闭上眼睛。莱奥利用这个瞬间走近她一点,接着说道:"这个狡猾的小山鹑用他的追问不休将我惹火了。"

"什么山鹑?"她没睁眼,问道。

"我是指阿帝。我怀疑他是想用他的问题折磨人。他是一只聪明的畜生。他几乎什么都知道。我实在受不了他。他只想摸我们的底,引起混乱。——我给你带了点东西。"

她张开眼睛,但没有改变她的姿势。

"你很喜欢玫瑰的。"莱奥从纽扣孔里取出花儿。"是的。"她低声说道,又合上眼睛,"把花给我。"

他的大手拿着损坏的传统植物,向她走去。

"给你。"

她伸手接过花。莱奥看着她的胸忽起忽落。

"要我再拿点上来吗?"他忽然问道。

她轻轻摇摇头。

"别走。你坐吧。别坐床上,坐椅子上,坐椅子上更舒服,床太高了。"

他站在她面前。

"你为什么不坐?"她闭着眼睛问道。

"坐着容易累。"他亲切地笑笑。

她嫣然一笑。她一定曾经有过几分姿色。

他站在她面前，像一头没有拿定主意的公牛站在一条狭窄的水渠前，它都不必跳过去，只要抬腿一跨，就能到达愉快的茂盛的草地。

"把你的手给我。"

他将他的肉嘟嘟的爪子伸给她，看着她不厌其烦地亲它，抚摸胖乎乎的手背，又捏又掐。

"我知道你会再来的。"她低声承认道。

"我也是。"他背转过脸说道。

"我们要忘记一切吗？"

"什么？哎呀呀，我们当然要忘记一切。只有一点不。"他望着她的脖子。

他将她的沉默当成默认。

"今天天气很好，"他说，"我们……"

"别出声。"她说道。须臾后她张开眼睛，说：

"你坐椅子上吧。要我给你做点吃的吗？我有优质熏肉。"

"不了，"他说，"我现在不想吃熏肉。肉丝会嵌在牙缝里，你也这样吗？"

"是的。可一杯茶你总可以喝吧？"

"这我想喝。"他说，慢步走向一张垫有软垫的椅子，伸个懒腰，望望窗外，坐了下来。花圃上方的空气熠熠生辉。一块阳光照射在上面的碎玻璃，抬头朝着窗户眨眼打招呼。

"这里没有多大变化，"莱奥说道，"我想说，一点变化都没有。"

她弯下身子，他从印花布罩裙的下摆看到了她白皙的膝窝。

"人们看护某些东西，让它们留在原位。一旦你移动它们，一切就都毁了。"

"什么是一切？"莱奥亲切、期待地问道。他知道答案。

"我是指回忆。"女人说。

"它对你很重要吗？"

她揭起茶壶的盖子，说：

"一切。"

这个词掉进了壶里，女人重新盖上茶壶，说声"还得泡两分钟"，在不舒服的床帮上坐下来。

"你得重买一双便鞋。"他说道，望着她那双穿破的毡拖鞋。

"我没钱啊。"她说道。

"我有点。"莱奥说，老吝啬鬼话一出口就后悔了。

他们默默地坐在一起，像吃饱了肚子的母鸡望着彼此的身旁。他想：要是我现在一丝不挂……谢天谢地，我不是……我怎么会这么想的？

"茶快好了。"

莱奥充满期望地直起上身。

"你不放糖。"

"你还记得？"

"是的。"

她将一只杯子放到窗台上。

"别烫了手,还很烫。"

"看它敢烫我。"

两人都笑了。他端起茶杯,啜饮了一口。

"还烫吧!嘘!"

"它得烧开。"

"好让它停止睡觉,好让它醒过来,从它干燥的肚子里分泌出茶香。我说得对吗?"

"对。"她说,又坐回床帮上,晃着双脚。

"你听我说。"他说道。

"什么事?"

"等我喝完茶,你穿上衣服,我俩去店里给你买双新便鞋。你愿意吗?你一起去吗?"

"我倒是想去,可是……"她顿住了,抬起头倾听。

"什么事?"巨人问道。

"我相信,楼梯上有人。有一级楼梯吱嘎响了一声。"

"怎么可能有人呢?"他安慰她道,"哪个笨蛋会在这儿偷偷出没?埃尔基出去了,他暂时不会回来。还有,你知道的,施滕卡……"

"他到底怎么样了?"

"这与我无关。我认为,应该让苍鹰抓走他。"

"他死了吗？"

"这不关我的事。"巨人挠挠腋窝。

"我们去店里吗？但是，你得换换衣服。"

"我说了，我倒是想去。"

"你是因为钱而绞尽脑汁？"

"我可是身无分文。"

他施主似的笑笑。"我今天让孩子们开心了一下，为什么就不能也让你开心开心呢？这点小钱我来付，你别担心。这东西贵不到哪里去的。——你穿衣服吗？"

"如果你相信……"

"我相信温床。它还从没有让我失望过。这种……"他用手划了个圈。"这种——我感觉好像楼梯刚刚嘎吱响了。"

"你看。我也听到了。"巨人猛地冲向门，将门拉开来。

"废话，这里没有人。我们的耳朵今天大概想开玩笑。它大概是要欺骗我们。你知道是谁吗？"

"不。"寡妇怀疑地说道。

"是空气。"巨人说道，从里面反锁上门，"它吃了那么多雨，鼓鼓的，都快爆炸了。你知道，像个数吨重的僧侣。它刚刚正想从楼梯上来，正准备，是啊，它会是什么呢？它能出什么事呢？滑倒了？空气？绊倒了？完全无所谓，管它呢。我们不谈这个。"他扑哧一声笑起来，用手背擦擦没有刮的双下巴。

"那我要换衣服吗？"她问道。

183

他显出吃惊的样子。"我在等你换呢。"他说道。

她犹豫不决。

"你害怕，是因为我在这儿吗？"

"不是，才不是。已经过去这么久了。"

"你不好意思？"

"也许。"她噘起嘴说，将一只拖鞋扔到了床下。

"总要开始的。"巨人咧嘴笑道。

她从脚上踢下第二只拖鞋。

"我们已经入戏了。"莱奥评论说。

"再也不行了。"她不知所措地看着他。

"要我转过身去吗？"

寡妇想了想，然后说道："你向我保证……"

"我保证。"

他背对着她等待。他干吗不这么保证呢？何况他从镜子里能看到他的心灵渴望看到的一切。

当莱奥以为听到了楼梯吱嘎响时，假如他不光是往下看门厅，也看看埃尔基的房门的话，他也许会注意到，那门现在关上了。假如是穿堂风将它关上的，也许不会发出"砰"的一声。那门虽然被迅速关上了，但也是被小心翼翼地关上的。那个胆战心惊地从楼梯走上来、一有响声就会哆嗦的人，就像葡萄园里的蜗牛的敏感触须；这个男人正受着饥饿及他的行动希望渺茫的双重折磨，他就是施滕卡。虽然他认出了林中空地上牵猎狗的那人是埃尔基，他还是相信小伙子会继续帮助他。他相信这样，因为他不知道，人们正严重怀疑是他杀死了姑娘，埃尔基的未婚妻。当猎狗开始嗅他的气味时，他已经跌跌撞撞地远远绕过林中空地，来到了溪流边，那条小小的、闷闷不乐的溪流。溪水淹到臀部，他涉水向上游走了一段，走的是跟他头一回逃跑时差不多同样的路，来到屋后的花圃篱笆……帮老头叫医生，没有意义……他们会发现他的……他的菖蒲根……埃尔基……他会继续帮助我……他会告诉我我应该做什么……我要去他的房间里……要在那里等……等他……等那唯一一对我友好的人……要不然我该做什么……去哪里，假装什么？……那只眼睛……菖蒲根……也许埃尔基能给我点面包……要是那女人待在她的房间里就好了……

在确定没有人在观察他之后，施滕卡跃过篱笆，打开绿门，上楼进了埃尔基的房间。当他透过薄薄的侧墙听到莱奥的声音时，他吓坏了，恨不得马上离开房子。可就在他将手放上门把手的那一刻，隔壁的门被打开了。太晚了。他，施滕卡，给自己找了一只好笼子。

他轻步走近窗户，低头眺望花圃。他听到莱奥在说："……我保证。"

如果莱奥知道我在这儿……距离他只有几米远……要是她知道……她肯定会举报我……

施滕卡发现蓝天下有一只苍鹰。犀利的眼睛。羽毛装饰的决心。忧郁的快乐。

莱奥大声说:"你变年轻了。"

她惊叫一声。

"你好了吗?"

寡妇知道她换衣服时他从镜子里看她了。她从一开始就知道。但她不在乎,因为她想,这种考验可以很容易地通过的。

"我们这就走吗?"莱奥问道。

"我马上好。好了。"

施滕卡听到两人离开房间,笑着下楼了。他的斜眼跟随着苍鹰几乎不易发觉的动作。忽然,他吓了一跳。埃尔基从通往花圃后篱笆的小路走上来,一只手前伸,用绳子牵着狗。猎狗身上有黄色和褐色的斑,宽大的鼻子贪婪地嗅着地面,用力将他往前拽。

埃尔基为什么找我……他为什么帮助别人抓我?……如果他……我还可以走……走前门……也许他找我是要帮助我?……施滕卡已经看出埃尔基的眼神了。他等着小伙子抬头望窗户。但埃尔基没有抬头。

绿门的钩子弹开,埃尔基牵着狗走进红砖铺的门厅。狗猎猎吠叫,不耐烦起来。

"安静!"埃尔基叫道,"你现在给我等在这儿。但要警惕!别让任何人从这儿过去!"他将狗拴在栏杆上,迅速跑上楼梯。

施滕卡背对窗户站着,期待着唯一待他好的人到来。

埃尔基没有立马开门。他听了很久，然后用脚踢开门，跳到门柱后面，叫道："原来你在这儿！你绝不可能从我手里逃脱！你这忘恩负义的猪！你做好准备吧！"

施滕卡看到了埃尔基手里的左轮手枪。他怎么也弄不懂这是什么意思。他等待枪响。

"你明白你是一头猪吗？"埃尔基叫道，"一个无耻的流氓？现在你逃不掉了！你是害怕那姑娘，对吗？你大概是以为她会伤害你？你个胆小鬼！"

激动中施滕卡不明白他指的什么，是怎么回事。他睁大眼睛，全身筛糠似的。

埃尔基举枪瞄准。

"这样更快，"他压低声音说道，"疼痛更少。你觉得怎样？有愉快的感觉吗？你还可以告诉我，那是什么心情！你看见你的整个人生在你眼前掠过吗？真是这样吗？——讲啊！还是这小小的枪口让你透不过气来了？你个胆小鬼！杀死一个姑娘！"

这下施滕卡理解是怎么回事了。他怕得要命，浑身颤抖，发誓地朝着手枪伸出双手。

"不，"他结巴道，"不，不是。不是这样的！你搞错了，埃尔基。别开枪。天哪，别开枪。你搞错了。肯定搞错了。事情完全不是这么回事。不是我。我没有杀死姑娘。我没有，埃尔基！我没有斧子啊。她不是被枪打死的。别朝我开枪，埃尔基！不要开枪！"

因为激动和疲惫，他暂时闭上了眼睛，还在等着枪响。

"你想怎么向我解释呢?"埃尔基叫道,"我想知道，你虚构的是哪一出童话。"手枪垂下来。

"不是我，埃尔基，相信我，天哪，相信我吧。"

"那就信你一回。好吧，你有什么好讲的?"

"不是我干的，埃尔基，我没有杀死那姑娘。"

"你知道那姑娘是谁吗?"

"是的，埃尔基，我知道。我没有伤害她。"

"噢，那是谁干的?"

"我不知道。"

"哦。"手枪举起。

"我不知道，因为我不认识他。他一定是个疯子。他的举止十分奇怪。"

"不可能是他。你撒谎。那个人死了。我们找到了他。"

"他已经死了?"施滕卡再也站不动了，倒在了床上。

手枪指着躺着的那人，埃尔基小心翼翼地走近。

"你向他开枪了?"

施滕卡点点头。

"为什么?"

"因为——我看到——他——怎么——姑娘……"

"是他干的?"

"用斧子。"

"彼得鲁卡?"

"我不知道他叫什么、他是谁。我之前从没见过他。他死了吗?"

埃尔基没有回答。他想：施滕卡讲的是真话……肯定是……一定是这样的……我差点就朝他开枪……他大声问道："你什么时候朝他开枪的?"

"当他将姑娘……然后想跑走时。我喊：站住。他大概是疯子。他不肯站住。我还没弄明白发生了什么事，子弹就追上了他。"

"那你追他了? 你的脚印……"

"我想去找个医生。"

"做什么? 你相信，这样做能帮他?"

施滕卡耸耸肩，低声说道：

"当他躺在烂泥里时，我为他感到难过。他满嘴胡话，讲他的弟弟，讲马托乌斯基。要我赶走一只苍鹰。但并不见有苍鹰。那姑娘——一定曾经是——他的继女。"

"为什么?"埃尔基敏感地问道。

"在他将她打倒之前，他讲了这回事。伤疤。她的生病的瘦弱的母亲。一把不太大的黄色钥匙。耳后的疤痕……"

"别讲了。"埃尔基说道，离开了房间。两分钟后他又回来了，手里拿着一块面包和一片熏肉。

"喏，吃吧。"

施滕卡坐起身，接过食物。他用无力的舌头舔舔嘴唇，张口想咬。

"不，最好先收起来。"埃尔基说道，"你得等会儿再吃。你不能留在这儿，你得赶紧离开。"

"去哪儿？"

"你想去哪儿就去哪儿，你不能留在这里。"

埃尔基这么讲时望着窗外。猎狗的吠声从门厅传过来。

施滕卡艰难地站起来，咬了口面包。他摇摇晃晃地走向门口，无言地走出去。埃尔基跟在他身后跑过来，让狗安静。那狗眼睛紧盯着施滕卡，但让他走过去了。

"再见，埃尔基！"

"你必须设法向西走，越过边境。"

"这回我会到达边境的，我肯定。再见，埃尔基。"

"小心。穿过花圃走。"

施滕卡走进花圃。

埃尔基站在窗前目送他。

天空的蓝色喜悦。梨树树皮上的两只褐色小鸟。

埃尔基想：你必须走，施滕卡……你必须走到边境……曼佳……施滕卡……你走了……每次分别都折磨我……施滕卡……要小心……可怜的家伙……请问候……

施滕卡不再感觉冷。太阳晒干了地面。他走得很慢，因为他又累又饿。一只蝴蝶飞去又飞回，紧贴着施滕卡头顶飞过，

190

突然落在一颗卷心菜上，摆动着毛绒绒的小身躯，为温暖的阳光感到高兴。摆动，摆动。

本来叫你去取铁丝卷的，你还知道吗？你还记得吗？这是那个工具棚。被风吹歪了，被雨打歪了，年久失修歪了。施滕卡看着工具棚。现在你最后一次从这儿走过去，你想走过去，但还没有过去。

牙龈发痛。胃不理不睬，它想要面包和熏肉。你看，现在我已经走到工具棚的高度了，马上就过去了。如果你不被拦住的话，你会经过一切的。将一切都留在我们身后。一直向前。这就是人：直立行走，高昂的头，两只眼睛。眼睛现在终于长在了前面。穿过黑暗到达光明。经过工具棚。快了，施滕卡。光明就在西方。你自个儿的晨曦。与自然相反。

他停下来咬口熏肉，从牙缝里拖出几根肉丝。是不是比菖蒲根更好吃？不能随便这么说，肉没有汁。熏烤和炙热将汁从烟囱里赶出去了。没有什么是完美的。有得必有失。

我必须抓紧时间……无论如何我不可以走慢了……赶紧离开这儿……熏肉我也可以以后吃……可去哪儿呢？……我应该去哪儿呢？当你必须自行决定时，并没有那么容易……一种美妙的感觉，没错……可有什么用？……人们将我们教育到了这种程度：在规则的笼子里我们感觉舒服，我们既狂喜又痛苦地望着规定的皮鞭……如果我将肉塞进口袋里，它会脏的……但我总不能一直将它拿在手里……我要是压扁它，里面不会出水……现在我想喝点什么……

施滕卡感觉双脚越来越沉，他感觉额头后面有沉闷的嗡嗡声，神经劳累过度的微弱的雷霆；他跌跌撞撞地往前走，一直往前走。他到达了篱笆，伸出双手，抓紧最上面的铁线，闭上眼睛。

我再也走不动了，我无法翻过篱笆……无论如何都不行……我也无所谓……我累了……累得不敢相信……老天，现在千万不要停下……我必须继续走……肉在口袋里，是的……

他抬脚跨进左边二十厘米的草里，然后一只手抓紧铁丝，拔起另一只脚。他这么尝试了两次。一股晕眩感向他袭来，树木不再是直立的，道路突然垂直地竖向空中，世界开起了玩笑。施滕卡双脚一弯，手指僵硬地松开了篱笆的铁丝网，整个人跌倒在草丛里。有几秒钟他的嘴角浮起一丝惬意的微笑。他均匀地深呼吸。好好睡吧，施滕卡，也许你会睡着。但他们也可能会在这儿发现你。无论如何，在睡眠中被人惊醒更加舒服，比起……

第十章　最后关头

当埃尔基慢步走下嘎吱响的楼梯时，猎狗狺狺吠叫。小伙子对自己没有任何插曲地就从寡妇门旁走过了没有感到奇怪。他什么都不想。这一刻他的生活没有任何目的。猎狗眨着黄褐色的眼睛，望着他。埃尔基无意识地将手放在坚硬的狗头上。

"你身上发臭，"他说，"你身上有血和污秽的臭味。"

狗摇着尾巴。

"你现在失业了，我暂时没什么事要你做的。"

狗狺狺吠叫。

"我现在拿你怎么办呢？我最好……放你出去。你自个儿也找得到路的……我真想有你那样灵敏的鼻子。你的神秘的、无价的鼻子。好了，过来。"

狗狺狺吠叫。

埃尔基解开狗，将它拖近自己。

"别去花圃里，过来，到这儿来！你没将东西弄丢在花圃里，那儿没你的事。"

狗不想跟着走。

"那好吧，"埃尔基说道，"如果你不愿意，你可以等在这儿。"

他松开绳子，狗抬头看着他，抖动着，犹豫着。

"你想干啥就干啥去吧。"埃尔基走进他习惯从里面取早餐的小屋，反手关上门，背倚着木板倾听。狗不再猖獗吠叫了。

"好吧……你要是想留在这儿，就留在这儿吧。该死的畜生……你长得不漂亮……但我还是要给自己切块肉……你总不会相信，我会因为你挨饿吧。"

一只马达的哒哒声从集市广场传进小屋里。

莱奥没给我留多少肉……这个吝啬鬼……

埃尔基吃得很慢，虽然没有胃口，他还是吃起来。他将咬落在桌面的面包屑扫到一起，团成一个面球。球的表面在变色，越变越暗。

就这样将世界抓在手指里，在掌心里搓它，搓平不均，向地球这个听话的温顺面团吹进创造者自己的情绪。必须每六十年重新创造地球一回！新的洲，新的边境，新的房屋、松树、罂粟花、鸽子、柳树、苍鹰和——新的人。新的独眼龙、干部、出版商和截肢者，新的志愿者、秘书和妓女——这世界必须，为了它自己的幸福，每六十年心情愉快地毁灭一次，它必须每六十年重新毫不猜疑地诞生于一场神灵的、地质学的雷霆中；这个世界，上帝手掌里的一个面团，它烦透了自己，它喜欢无忧无虑，它嘲笑奇迹。门厅里猎狗开始怒吼。埃尔基听到锁喀嚓一响。有顾客来了吗?莱奥到底去哪儿了?

我得去店里,说不定有人想买花。他站起身,放下肉和面包,走出去。站在他面前的是阿帝、莱奥和寡妇。

"哈啰,"那位干瘦的理论家说道,"有什么新消息吗?"他的无毛的手从衣袖里伸出来,摸着猎狗的关节。

"花儿们在相互讲什么,嗯?偶然听到了它们的什么喁喁私语吗?"

莱奥将一只小纸盒递给寡妇,示意她去楼上。她照做了。三个男人默望着她的背影,看着她慢慢吞吞地、扭着屁股、踏着嘎吱嘎吱的楼梯上楼。等她消失不见之后,阿帝走到淡绿色的镜子前,拿指甲盖敲敲左太阳穴,闭眼问道:

"埃尔基?"

"什么事?"

"你们找到他了吗?"

"谁?"狗在砖地上躺下了,认真听着。

"我想知道他现在在哪儿。他一定还待在佩科这里。"矮个子转过身,笑嘻嘻地看着埃尔基,"你没有遇到他吗?"

"没有。"

猎狗狺狺吠叫。

"可你不是发现他的脚印了吗?"

"是的。他的脚印通到溪流边,然后我就找不到了。他一定是沿着溪流往上或往下走的。狗再也发现不到什么了。"

"这么说他变成一棵松树或一只母鸡了。"阿帝说道,"他也很可能变成了虱子藏在这条狗的毛里,在听我们讲什么。"

莱奥觉得这话有意思,拿手腕掩住嘴,咧嘴笑了。

理论家的眼皮跳动起来。

"我们不想在哪儿坐下来吗?"

"当然,"莱奥说道,"我丝毫不反对。"

他们走进花店。阿帝和巨人坐下来,埃尔基仍然站着。

"我们该怎么办呢?"理论家问道,"如果我们抓不到他,应该怎么做?他完全有可能从我们手里逃脱。"

"必须派民兵监视阿鲁纳湖右岸。"莱奥说道,"他们应该一只老鼠都不放过,更不能放过人。他大概会试图渡湖去西方,这是他唯一的逃脱机会。"

"真的吗?"阿帝说道。

"我可以想得到。"巨人说道,挠着腋窝。

"你认为呢,埃尔基?"

"这是唯一的机会,只要渡过湖,他就安全了。没有别的道路。"

"昨天开始就有人监视湖岸了,"阿帝说道,"我擅自这么安排了。我也会擅自允许他先上绞索。我是很礼貌的。如果我们抓不到他……"矮个子顿一顿,看看莱奥再看看埃尔基,然后突然扫一眼埃尔基,说:"如果我们抓不到他,那我们就不得不认为,他是在某人的帮助下越过了边境。我们讲讲逻辑吧!在施滕卡——他是叫这个吧——这桩案子里,这个唯一的人——不可能……但我们等着瞧吧。"

阿帝站起来,拿起一块蓝色手帕擤鼻涕,说:"必要时我们必须找出罪人。我肯定有人帮助了教师。你认为呢,埃尔基?"

"我也相信。"

"那你呢?"

"我——可以想象到。"巨人嘟囔道。

"也许,"阿帝慢条斯理地说道,"也许我们应该立即开始寻找。我们只要抓到那个帮助施滕卡逃跑的人,我们就有了个至少同等价值的猎物。因此我们要睁大我们的眼睛,张大我们的耳朵。睡眠时只会逮到无用的战利品。醒来时抱在怀里的枕头,还远远代替不了梦中以为拥有的东西。我们在生活中只能干两样事情:正确的事情和不正确的事情。可谁决定什么事情正确什么事情不正确呢?我们讲讲逻辑吧——哎哟。犯罪要比患鸡眼更容易。错误是一种不可避免的教父赠给孩子的礼物。我们仔细看看生活吧!我们深入看看两足动物爬行、蜂拥的这场冒险吧。我们发现什么?"矮个子停顿了很久。莱奥满怀期望地咽下口水,闷闷不乐地看着理论家。

"是的,"阿帝说道,"我们会发现什么呢?每个人都脖子上套着罪过无形的绞索在山上跑上跑下。每个人都是诞生在罪过的死胡同里。在进入生活的唯一出口的前面,有一只巨大的老鼠夹,在用一小块脂肪引诱新来的。但我们不多谈这个了。我们都没有勇气深入看一眼生活。谁说这种话,就会引起怀疑。眼下我们有别的烦恼,别的任务。我希望你们做好了准备,我们必须抓到这个人或帮助他的人。请你们好好动动脑子,想想必须怎么做。"

矮个子点一点头,匆匆离开了花店。莱奥透过玻璃窗观察了他几秒钟,然后叹息着转过身来,说道:

"我不舒服。埃尔基!这个思想分裂分子让我觉得可怕。我先得吃点东西,好让我的心灵能有所依靠。你为什么一声不吭?你的膝盖在打颤吗?我给她买了一双便鞋,她的髁骨老是冷。我当然是途中遇到这个干瘪的畜生的。他总是在最不利的关头钻出来。可你为什么一声不吭呢?"

"我该说什么呀?"

"他有所发觉了。"

"这我知道。"

"还有呢?"

"我会见机行事的。"

"逃走吗?"

"也许。"

"那他就知道是你帮助了那个斜眼。你不能一逃了之,埃尔基!"

"他现在就知道了。"

"你这么认为?"巨人用手背擦擦他的双下巴。

"我不清楚我现在逃走有没有意义。"埃尔基说道,"或许他们也会抓住我。那就彻底完了。可只要他们还没抓住我,我就绝不放弃。我年轻,不像施滕卡那么笨拙。他老了,也没有放弃。不过我不清楚他是否会成功。我会逃脱的。"

"你想去哪里?"

"这我还不知道。"

"你不想先吃点东西吗?吃块熏肉会让你产生别的想法的,埃尔基。兴许你将一切看得太悲观了点。顺便说一下,曼佳的事让我真的很为你难过。"

巨人走近埃尔基,伸出他的肉嘟嘟的大手。"你可以想做什么就做什么,埃尔基,我不会给你制造麻烦。我们还会见面吗?"

埃尔基绝望地抑制着眼泪。当他感觉他快控制不住了时,他背转过身去,离开莱奥,从破旧的楼梯慢慢上楼回他的房间。

莱奥比我想的要好……一个心地善良的巨人……大家都离开他——他啥也不说……他两面受压……曼佳死了……我的天……他们不会这么容易抓到我的……施滕卡,可怜的狗……他们很快就会抓到他……等傍晚的时候……等天黑下来了……埃尔基在箱板床上躺下来,伸直双腿。他拿鱼际按住一只眼睛,当他重新抬起手时,他看到这只手上湿漉漉的。他盯着自己的手,好像他刚刚在身体上发现它似的。这是我的手……我从未久久注视过它,因为我没有时间,因为我对它无所谓。埃尔基翻侧过身体，试图入睡。

手……大脑的杠杆……头脑将军的勤务兵，心甘情愿的听话的仆人；五根手指是意志的特派员；手，一个人的手，人们抓住它，握手问候——手是心脏通电的插塞接头。

夜寒侵入施滕卡的肉体，一阵剧痛掠过神经束，飞速抵达大脑。睡眠后退，睡眠释放了一个男人，他躺在春天般年轻、凉爽的草丛里，一只手枕在头下，另一只，怀着强烈的渴望，抓在铁丝网篱笆里。施滕卡张开眼睛，一动不动。他还躺在莱奥的花圃里，躺在疲累将他拖倒的地点，在他自己的身体不忠诚于他、在他不管不顾地逃跑的地点。云雾遮住了月亮，又潮湿又凉爽。两三颗星星虚荣地想投下它们颤抖的光芒。大地一片寂静：没有风，没有脚步，没有鼓声，没有枪声，没有喊叫声。施滕卡坐起来，一只手撑在草地里。现在他们都在睡觉——没人能看见我——埃尔基在睡——莱奥在睡……寡妇在睡……黑夜是被追踪者的女友……我口袋里还有肉……我将在白天睡觉夜里赶路……这样我就不会有事。如果我这么做，我会成功的……至少我希望如此……没有希望我们会怎么样？他脚冷，他双手抱起脚趾揉搓。没用。然后他从口袋里掏出熏肉，擦干净，吃起来。

一棵梨树在梦中呻吟。

现在翻过篱笆去。睡眠让我恢复了体力……我现在翻过去。

施滕卡翻越铁丝网篱笆,篱笆沙沙响,但没人听到。他匆匆回望一眼花圃,跑下斜坡,安然无恙地抵达大路,开始发疯地奔跑。他运气好,辛苦猛跑一阵后来到了田间小道,不久前他在那儿处理掉了小左轮手枪。在这里他才放慢速度,他的肺平静下来,太阳穴后的血液也跳得温和了。奔跑造成的炎热迅速消散,他竖起夹克的领子,双手插进口袋里。现在他轻轻松松地往前走,比预计时间更早地站在了充满活力的小水流前,站在嘀咕不停、流经罗斯科夫的客栈旁的溪流前。

如果他们动用猎狗追踪我,他们马上就会发现我……我要涉溪——一大截——这至少能阻止他们。

他挽起裤管,将一只脚尖伸进水里。

"哎哟……"水冷。没办法,我必须在这儿下水。

施滕卡闭上眼睛,滑进冰冷的溪流。水深达臀部,他嘴唇发紫,颌骨打颤。他伸手拿他的手帕,希望从裤子里取出来时它还是干的,但已经太迟了。水流将他往前推,水流不能容忍他待在一个地方。水流扯着他:它想维持秩序。秩序就是运动。好了,快迈第一步。水冷彻骨,水底有沙质土,软软的。双脚将会经历什么呢,它们将穿越什么冒险呢?什么东西撞在他的踝骨上。他立即停下来。是一条鱼,但施滕卡不知道。他朝着肯定是客栈所在的方向倾听。一切都静悄悄的。那里没有什么对他构成威胁的。他慢慢往前,犹豫地将脚放到河底。寒冷减弱了。他踩着石头和树枝,考虑到严格的清洁标准,溪流无法处理它们，因为它们太沉或太庞大。藤类植物，水流让它们进行着永远的、优美的扇状运动，缠着他的小腿肚。它们阻止不了他。如果它们不想放开他的腿，他就强行挣开，将一些植物连同它们的根从地里拖出。它们也就立马浮到水面上，像讨厌的东西一样被溪水冲走。溪流变浅了。溪水只没到施滕卡的膝盖。还有百米……那里是松树林……已经能闻到它了……但愿我头脑里的嗡嗡声停下来……我快要忍受不了啦……它会偷走一个人的意识……后脑里这该死的嗡嗡响……快，现在赶紧继续……水似乎又变冷了……夜里总是这样的……夜里一切都冷却……只有感觉不会。感觉在夜里更加活跃……等我到了森林里……怎么说也不是很远了……我现在可以迈大步子，溪流越来越浅了……它这是在帮我忙……它理解我……施滕卡加大步伐。他不再像一开始那么小心翼翼地迈步了，他迅速前进。

你看，你快要成功了，快了，施滕卡，还有二十米。你已经来到松树的树影下了。世上的许多努力都得到了回报，为什么你的就不应该得到回报呢？你让追踪你的人希望落空了。这事你精密策划过，精密策划的东西，有时会成功的。

右脚突然落空，施滕卡失去平衡，左脚跟上，相信能为跌倒的身体找到一个支撑。但左脚也没踩到底。溪流潮湿的陷阱。一条小溪的阴谋，它的开玩笑的诡计。施滕卡绝望地喊了一声，他不会游泳。他感觉他在被拖着往下沉。他双手反抗。没有底……这里一定有个窟窿……啊……啊……秩序是必需的：水流迅速地将他拖到深渊上方,他的脚又出乎意料地踩到了地面。他直起身。他的衣服湿透了。他浑身发抖,跌跌撞撞地走向溪岸,往岸上爬,险些跌回水里,四肢着地,爬进松树温暖的黑暗里。我不能留在这里……我必须继续走……经过湖泊……路很长……我没有别的办法……在这里他们会找到我的……

施滕卡挣扎着爬起来,摸摸他的夹克。全身没有一处干的地方。他从身上脱下夹克,将它拧干,又重新套上身。

以后我会找到机会晒干它的……现在不行……以后……以后我会找到更多的时间……多得多的时间……继续……离开这里……越过边境……离开,离开这个世界。去另一个地球,越远越好。总是在躲避猎人,背后永远有两只眼睛,两支手枪的枪口……你想去哪里?每个人都受到追踪:被爱情追踪,被仇恨追踪,被所有可能的需求追踪。你不能逃走,逃跑没有意义。他们会追踪你到地球边缘。他们的目光看得很远,他们的子弹百发百中。——但无动于衷永远帮不了你。施滕卡,不安、害怕、可怜的家伙,你这愚蠢的东西:你必须反抗追踪者。我们必须坚持,直到他们来到我们身边,然后同样坚强地回击。绝望会带给我们力量,我们的信仰会让他们瘫痪。谁承认输了,谁就已经输了。我们属于这个地球,我们适应了它。但我们必须提高理智,增强本能。

林中空地上没有人。船只龙骨朝上,停泊在沙滩上。小波浪不知疲倦地冲击湖岸,又散开,退去:耐性无与伦比。施滕卡感觉这宁静可怕。

赶快离开这里……离开这林中空地……他们已经将姑娘运去了佩科……埃尔基的姑娘……曼佳……他们也会将老头运走……也不能让他躺在烂泥里……

施滕卡绕过林中空地，很谨慎，很小声，从湿淋淋的矮树中钻出一条路，到达了与湖岸平行的烂泥带。泥土的黑色面团从脚趾间冒上来，是被身体的重量压上来的。

老头一定是躺在这儿的……就在这附近……他的菖蒲根……他们会弄走他的……后天他们会埋葬他……不是我的责任……我没想开枪……如果现在有人来……上帝啊……如果军士突然站在我面前……带着另外的两三个人……跑走没有意义……那我应该怎么做呢……快走……离开这儿……

他在淤泥的斜上方脚下打滑，双手乱挥，以免跌倒。湿夹克的右侧常拖在地面。芦苇里的生命还一动不动。

施滕卡突然站在了一座僻静的小湖湾前。湖湾最多六米宽，伸进陆地不超过十米。他脚前长着柔嫩的菖蒲根，细长的剑状叶子迎风颤动。他先朝他来的方向听了很久，然后拔出了几根。那些纤细的尖尖不情愿地吱吱响着离开植物的身体。他没有马上吃，而是弯腰在水里洗净这食物，塞进了裤袋里。

老头一定是在这里采摘他的菖蒲根的……在这个宁静的位置……这儿真美……在这儿生活真不错……不会有人打扰你……世上的所有人都找不到这么一个小地方……许多人都不

得不放弃它……这里的水要比溪流里暖和多了……在这里能够忍受……

他踩进水里洗脚。淤泥很容易就洗掉了，自行脱落了。水是它甘愿效劳的姐妹。在施滕卡身旁，月亮在洗它的乳状的黄色大腿。由于施滕卡的双脚在水里不及在陆地上冷，他决定涉水蹚过小湖湾。他这回比上回在溪里走水路更小心。他像一只悠闲的鹳，裤腿高卷，手拿夹克，他从水里抬起一只脚，伸直，踩碎湿镜子，用脚趾触摸水底。谢天谢地，一直可以找到它。它散发出强烈的肥沃和腐烂的味道，散发出生命的初步知识的味道。

嚄，那是什么东西……看上去像只筏子……确实是只筏子……它承受得住吗？……木头够粗的……会是谁将这筏子藏在这里的呢……也许是老头……可以相信是他将一只筏子藏在了这儿……这东西对我很有用……那儿还有一块木板，可以用来划水……用这么一只筏子可以轻易渡过湖去……避免绕弯路……它承受得住吗？

施滕卡先将一只脚、再将第二只脚踏上绑在一起的松树树段上。它们似乎对这个男人的体重没有感觉，只沉进水里几厘米。

现在我必须赶紧做决定：如果我继续沿着湖岸跑，日出前我到不了对岸……白天我必须睡觉，藏在什么地方……乘这只筏子我也许过两个半小时就到对面了……我要将它推出这座湖湾，这肯定很容易。

他把手伸到木头下面，用力一掀，筏子浮起了。他果断地爬上去，保持平衡地一直走到中间，慢慢蹲下。太好了。桨很轻，左划几下右划几下后施滕卡就发现筏子在行驶了，他已经离开湖岸好大一截了。水里倒映的夜晚的银星。湖泊流动的背。一只大鸟从水面飞过，默默地。只有它拍翅发出的闷响。大鸟飞向它的巢。

施滕卡想：我发现这只交通工具，真是一个幸运的巧合……也许它会救我的命……这筏子很可能是那个可怜的老头的……子弹射出去，我一点责任没有……我根本没想……我很快就安全了……谁也不会估计到我在湖的另一边。谁会渡湖追我呢？谁？船只全都停在林中空地上。

他将桨插进水里，划了划，回头看看。他感觉他的幻想在捉弄他：他身后漂着一条船，不是尾随，但距离他的行驶方向也不是很远，如果那船与他的筏子并排，一定能够认出他来。施滕卡揉揉眼睛，湿手指摸摸发烫的额头：没有用，那船还在，正在慢慢赶上他。

别放弃……要保卫最后一米自由……即使看起来没有意义……划呀，划呀……用尽最后的力气将筏子往前划……也许他们并没有发现我……这完全有可能……现在是黑夜……黑夜里不可能像白天看得那么清楚……谁也不能……那些在后面追我的也不能……现在只要逃出他们的控制……这是唯一的机会……一艘船行驶起来要比这只笨箱子快得多……罗斯科夫是个魔鬼……他大概看到了我，派军士追我来了……

施滕卡使出全身的力气划着，试图将筏子划向另一个方向。他恼火松树段的懒惰和讨厌的惯性需求。一切都慢吞吞的。他汗流浃背，胸部疼痛。这时他想到一个好主意：他在筏子上平躺下来。

这样他们最多能认出一个瘦长的影子……愿上帝让他们以为那是一根漂浮的树段或什么类似的东西吧……

他将他的身体压在树段上，回头看了很久。船径直向前，没有跟着他改变方向。它好像甚至在远离筏子。施滕卡嘴唇发抖。

他们很快就会与我并排了，那时就会证明，他们是否发现了我……他听到橹在橹架里咯吱响。对方均匀地使劲摇着。船很快赶上来了。施滕卡相信看到船上只有一个人。但他不是很肯定。从他能够赋予他的交通工具的速度来衡量，那船过去得飞快。有一会儿他还听到几声橹声，然后一切都过去了：颤抖，害怕，危险。

他犹豫地重新拿起桨，坐直身子。月亮以一种"你看看"的表情低头看着他，拉来几朵云御寒。木桨钻进水里，将水向后抛去。就这样将自己的烦恼和痛楚抛在身后，就这样以一种男人的正派方式解决掉它们。

施滕卡闭上眼睛。水在船头呢喃着什么听不懂的话，至少对于他来说完全是谜一样的。水呢喃着一则古老的故事,他要告诉这个男人一桩秘密。但教师不懂这种语言,他要离开一个地方,一个危险的地方,他要离开这个空间,让它无效,筏子上的那人相信,你只要保持运动,就能摆脱掉这个世界。某个时候总该到达空间的尽头啊:水的尽头,夜的尽头,危险的边境。谨慎、沮丧的算计:没有人能凭他的双脚匆匆穿越我们被抛在其中的空间。

突然,沙子在树段下咯咯响,筏子晃动起来。难道我已经渡过湖了吗?……真会这么快吗……天哪,真让人吃惊……看起来我真像到达目的地了……在湖对岸……我为什么还坐着不动……白天快来了……我必须消失……要是有一顶隐身帽就好了……我为什么还从没希望过自己有一顶隐身帽呢……因为……是的……

施滕卡站起来,按摩僵硬的双腿。它们过了很久才变暖变软了。然后他手指捏着耳垂,看看岸上。他的目光钻不透黑暗,钻不透灌木丛,钻不透松树。但他也没有期望别的。

他跳上岸时,筏子晃了晃。他继续将筏子拖到沙滩上,让水流伤害不到它。他将桨藏在芦苇里,没有想到他什么时候还会需要它。他藏起桨,因为他的可怜的直觉建议他这么做。

你现在想去哪里,施滕卡?

我要径直往前走……我要一直走到森林的尽头……我将藏在森林边缘,等下个黑夜……我可以睡觉啊……我也还有菖蒲根……好。

他发现了一条狭窄可怜的小道，鞋底的一个落脚点。道路两侧站立着沉默的灌木丛，密密麻麻，有点像长成畸形的姑娘，她们纯洁、谦恭，顺从她们的命运——就像在一场突然停止的轮舞里一样——相互手拉着手。施滕卡谨慎地继续走。常有灌木拂着他，碰到他的裤子和夹克，抽打他的双手。

太阳一出来就会暖和的……太阳……好……它同情许多人……我会暖和起来的……也许它会让我睡觉。

"施滕卡！"

有人在喊他的名字，很清晰。施滕卡想扑到地上，他吓呆了。

沉默没有意义……我被人家看到了……现在他们发现我了……我要跑……逃走……跑到水边……回水里……

"施滕卡，你为什么听不见？"

这不是埃尔基的声音嘛！可埃尔基怎么会到这儿来呢，偏偏是到这里，在这条小道上？

"等一等，施滕卡，我马上过来。"

这是埃尔基，他的声音不可能听错。施滕卡听到一声响，好像是有人在倒掉多余的水。一分钟后，埃尔基从一丛灌木后钻了出来。

"施滕卡，你在这儿做什么？"

"埃尔基！我的天！我的心都快停止跳动了。"

"吓的?"

"是的，我以为……"

"嘘！我们必须小点声。谁知道今天岛上都有谁。"

"岛上?"施滕卡抓住埃尔基的手，像在用它取暖。

"是的。"埃尔基说道，"你不知道你这是在哪里吗?"

"我以为，在湖对岸……"

"我们现在必须去对岸。快，我们没有多少时间了。僧侣们已经得到警告。他们想留在这里，他们不害怕。什么也别问。快走!"

埃尔基拖着施滕卡往前。他们没有走回小道，而是穿越下层丛林。不时有只贼鸥惊叫着飞走——提前飞走。当他们来到岸边时，施滕卡先看到一条船。

"你到这儿很久了吗，埃尔基?"

"不是。跟着我跳。"

"你是在……"

"是的。"

"那你……"

"什么?"

"我在筏子上时，有条船超过了我。我先是以为他们发现我了。可后来那船驶过去了。"

"注意，我推它下水。抓紧了!"

埃尔基推开船，使劲一推，跳了进去。他立即坐到中间的座板上，抓住橹。施滕卡听凭摆布地看着发生的一切。他太吃惊了，太迷惑了，无法抗议什么。

船行驶得很顺利。它在埃尔基迅速有力的摇动下一颤一颤地往前。

"你划向哪里，埃尔基？你带我去哪里？"

"不是去佩科。"

"为什么不？你为什么出来？在这个时候？"

埃尔基说："因为你也在路上。我……可以问你同样的问题。"

"我不懂。"

"我们……现在一直待在一起，施滕卡——我们有一条共同的路。"

"去哪里？我不明白。"

"你想去哪儿，我也想去那儿。我必须消失，像莱奥说的，我不能再在这儿待下去了。他们追我来了……就像他们在追你一样。"

"万能的上帝啊，为了什么？到底为什么呀，埃尔基？你又没有怎么他们。"

"因为你。"

"因为我？我不明白。"

"这个愚蠢的世界上有很多事你不明白的。"埃尔基愤怒地笑笑，额头上的汗珠黯淡地一闪一闪。

雾不动声色，笼罩着湖面。

"可为什么是因为我呢，埃尔基？他们查出了是你帮助我的吗？阿帝发现了吗？"

"是的，这个混蛋——就像莱奥说的——发现了。"

"埃尔基！"

"别这么大声喊我的名字。"

"埃尔基，停下，别摇了！返回去。带我去佩科！你只要在林中空地放我下去。你听我的话！回头！你为什么不停下？"

"你疯了吗，施滕卡？雾偷走了你的理智吗？你想下去你就下去好了。不是很危险。我不禁止你在行驶途中跳下去。"

"带我回佩科。"

"为什么？"

"埃尔基，你不应该因为我有麻烦。我要去找军士，我要告诉他我是谁。"

"这不用你去做了。他对你的脸再熟悉不过了。"

"你需要……"

"我们现在需要一颗清醒的头脑，施滕卡。你相信，如果他们现在抓到你，对我有帮助吗？你饿吗？座位下有面包和熏肉。还有一只瓶子。你快吃点东西。我们马上到了。"

"哪儿？"

"对岸。"

"我走回佩科，去找军士自首。"

"你也可以去找阿帝,我相信,他的枪术更好。他的左轮手枪小而可靠。"

"你为什么讽刺,埃尔基?"

"因为你的举止像只小鸽子在苍鹰的巢前一样。"

他们沉默。晨曦预告新的一天到来了。对岸不远了。风睡眼惺忪地吹散雾。一只海鸟希望渺茫的引诱叫声在水面上回响。

埃尔基更轻地摇着橹。雾像一只巨大的猫悄然离去。

"我们快到了。"

"你要留下这船吗,埃尔基?"

"是的。可是,如果你愿意,我们也可以砸碎它,当木柴带上路。"

施滕卡绝望地想笑笑。

"我们到那里后,做什么呢?"

"继续走。"

"去哪儿?"

"边境离对岸不远。我们今天上午就得想办法越过边境。此刻哨兵们累了。有时候他们在睡觉,就算小偷脱下他们的靴子,他们也不会发现。兴许我们有这运气。但你反正要回佩科的。"

"你必须理解我,埃尔基,我想回去,只是希望你没有事,埃尔基。他们想伤害你,是因为你帮了我。我不能允许这样的事发生。你不应该为你对我做的好事而后悔。"

"别讲废话了。我一点不后悔。——我们快到了——我今天还会做的。不管是你还是其他人，谁我都会帮的。我什么都不后悔，不管我做的是好事还是坏事。如果后悔让人痒，我就得整天抓痒，我可没兴趣这么做。也得有几个人来采取点行动——抓紧了！——而不想别的，我是指自身的好处，自身的幸福……别再出声。"

船钻进芦苇。埃尔基收起橹，侧耳倾听。

"我相信，他们要睡了。拿上面包和熏肉，施滕卡，结束了。我们的船不能行得更近了。我们必须下船。好了吗？"

"好了。"

两人先后离开船。水齐到他们的膝盖。

"轻声点。将面包给我。"

施滕卡将面包递过去给他。他们分开芦苇秆，蹚向岸去。晶莹的露水压弯了青草。

"施滕卡！"

"什么事？"

"跟着我。我认识路。"

一只蜗牛在一根细树枝上平衡着它带壳的身体。当埃尔基撞到那根树枝时，它几乎无声地掉在了草里。它说不清的辛苦所留下的一切，只是树皮上一条细细的黏液。

施滕卡用他的指甲捅捅埃尔基的背。

什么事，埃尔基通过一个头部动作问道。

"我们是不是应该等到夜里呢？"

"为什么?"

"夜里更不容易被看见。"

"我们现在必须过去。夜里哨兵会加强监视。"

"太阳出来了,埃尔基。"

"我一点不反对。或者:你可以阻止吗?等我们到了那边……"

"你去过那边吗,埃尔基?"

"去过。"

"怎么样?"

"快走吧。生活处处都不一样,有时甚至更好。我们快到了。你必须趴着,等我回来。我要看看,那些家伙在哪儿跑来跑去。"

"现在?"

"不,还有二十米。我会给你一个暗号。现在什么也别说了。"

两人躬着腰往前潜行,一直来到一座狭长的沼泽带。

两人突然扑倒在地。他们几乎同时发现了一个坐着的人,他背对着他们,似乎在望着梨树育林区,育林区在沼泽带后面的朝阳里一闪一闪的。坐着的那人一动不动,身穿边境民兵的制服。

"他在睡觉,"埃尔基低声说,"这样更好,我们必须从这儿过去。等我们到达桦树林里,我们就成功了。"

"这就是边境?"

"正是。"

边境。希望沙箱前的高墙,愿望喉咙上的剃须刀,边境是兄弟的绞索。

埃尔基手指坐着的那人,耳语说:

"我要悄悄走到他身边,看看他是否在睡……"

"我们就不能直接跑过去吗,埃尔基?"

"还不行。如果他只是在晒太阳,他立即就会听到我们……"

"万一他发现你呢?"

埃尔基打开大左轮手枪的保险。

"我会给你暗号的,施滕卡。我一抬右臂,你就赶紧跑过沼泽带,能跑多快跑多快。到了那边你就安全了。"

"那你呢?"

"我跟着过去。"

"你要小心。"

埃尔基四肢着地爬走了。施滕卡哆嗦着望着他的背影。片刻之后,他看到埃尔基从民兵背后钻出来,右手握着左轮手枪,左手拿着一根小棍子。他伸出小棍子去捅坐着的那人的肩。施滕卡目不转睛地盯着埃尔基的右手,盯着那只要发信号的手,那最后的热情的信号。

埃尔基突然往后跳了回去:坐在地上的制服,里面填充的不是肉体，而是破布。他立即感觉他们一定早被发现了。他的右手飞速扬起，向那个光脚丫的、那个在灌木丛后瑟瑟发抖、那个手里拿着面包的人，发出渴望的信号。

他们放置了一只木偶，我们上当受骗了……他们潜伏在树木背后……或坐在一根树枝上……

施滕卡顺从地跳起，绊在下层林木上，他眼盯桦树，脑子里只有一个念头，跑过沼泽，只想着：过去！

埃尔基也在跑。

年轻人在哪儿都比老头快，在决定的赛道上比老头快，在平地上也比老头快。

松树后面的边境民兵早就打开了卡宾枪的保险。现在子弹不耐烦了，那没有灵魂的黑暗的东西。——谁可以选择……野兽在奔跑，可面对一颗子弹，这咝咝叫的死神，它的灵活性又算什么呢？

你马上就到那边了，施滕卡，马上。距离和运动。不要弄丢面包，抓紧！是什么打在我的额上？一只蜻蜓——细长的金属小身体，叮当响的翅膀……一切都很顺利，啊……我的天，啊……我再也跑不动了……我在跌倒！……我怎么回事？他感觉后脑挨了重重的一击。什么东西掀开他的头盖骨，钻进里面。

黑暗，嗡嗡响的旋转木马。我在原地旋转……失去我的重量……蜻蜓……轻盈……黑暗是如此柔软……躺着：永远地……无限地躺着，永恒的承租者、所有人……这下子面包脏了……闭上眼睛吧，好……

埃尔基听到了枪响，看到施滕卡倒下去。

我不能帮他。我必须过去……越过沼泽带，跑进桦树林育林带。

"轮到另一个了。"民兵士兵瞄准埃尔基，手指弯曲，射击。他看到子弹击中了小伙子，因为有样东西，一支大左轮手枪，从他手里掉落了。

但埃尔基还在跑，他跳过狭窄的壕沟，到达育林带，听到什么东西在他身旁钻进树木，他扑到地上。他的手被打穿了，大脑的杠杆，他直到昨天才发现的手。

当他不久之后抬起头，慢慢爬进绿色的、初春样萧条的沉默里时，没人发现他，谁也不打扰他；树叶低语很久，友好的天空舒展开蓝色的胸膛，太阳，那热情的护士，将血迹晒干。

完

译后记

西格弗里德·伦茨（Siegfried Lenz），享有世界声誉的德国战后文学巨匠之一，也是德国继承现实主义传统的代表作家，其在当代德国文坛的地位仅次于伯尔和格拉斯。伦茨于一九二六年三月十七日出生在东普鲁士马祖里地区的吕克，曾短期参加过"二战"。战后在汉堡攻读英国文学、德国文学和哲学，一九五〇年任《世界报》副刊编辑，一九五一年起成为职业作家。他的作品已被译介到近三十个国家，被译成了二十二种语言，总销量超过两千万册。它们先后为他赢来了多种荣誉，如格哈特·豪普特曼奖、巴伐利亚国家文学奖、托马斯·曼文学奖、德国书业和平奖、法兰克福市的歌德奖、二〇〇九年度的列奥·科佩列夫和平与人权奖及二〇一二年度的意大利诺尼诺国际文学奖等，二〇一一年伦茨还被他的故乡吕克选为荣誉市民。我国读者对伦茨也不陌生，他的许多重要作品都早有中文译介，比如：《德语课》《激流中的人》《面包与运动》《灯塔船》《默哀时刻》《苏莱肯村曾经如此多情》《失物招领处》等，有的甚至已出现多个译本。伦茨其他的重要作品还有长篇小说《楷模》《故乡博物馆》等。

《空中有苍鹰》是西格弗里德·伦茨在二十六岁那年推出的首部篇幅较长的小说，故事发生在芬兰和俄罗斯的边境地带，依托的历史背景是一九一八年一月二十七日至一九一八年五月十五日的芬兰内战。芬兰位于欧洲北部，与瑞典、挪威、俄罗斯接壤，历史上曾建有芬兰大公国。十二世纪后半期芬兰被瑞典统治。一八〇九年，俄罗斯帝国击败瑞典，芬兰成为沙皇统治下的一个大公国。随着俄国十月革命的爆发，芬兰于一九一七年十二月六日宣布独立。但国内外反对独立的势力使得一场争取民族自由的斗争演变成内战，导致了民族分裂，使得一个民族的两大群体互相仇视，互相毁灭。

小说主人公施滕卡就是民族分裂的受害者、一名遭到新政府迫害的教师，他越狱逃到俄、芬边境上的佩科村，投奔朋友，但朋友已被新政府枪杀，施滕卡隐姓埋名，受雇在一家花店工作，不久就被他从前的学生、现在的同屋埃尔基认出。与此同时，新政府的代表、理论家阿帝也率领民兵追到了佩科村，施滕卡决定越境逃走，埃尔基同情曾经的老师，将自己的手枪送给他防身。逃跑途中，施滕卡撞见一个疯子用斧头砍杀一个女孩，情急中他开枪打死了疯子。那女孩是埃尔基的未婚妻曼佳，被新政府派去执行任务，而疯子彼得鲁卡则是她的伯父，多年之前，当彼得鲁卡从战争中返回时，发现家里多了个女孩，那是他弟弟和他妻子生下的。曼佳和彼得鲁卡的尸体被发现后，施滕卡自然被当成了杀人凶手。埃尔基怒不可遏,加入追捕施滕卡的队伍,最后在他俩共同居住的小屋里发现了他,听完施滕卡的叙述后,埃尔基再次相信施滕卡,重新帮助他逃跑。同时他意识到自己也会因此陷入危险,决定跟着施滕卡逃走,并在边境上赶上了施滕卡。但他俩都不知道有一张捕猎的网已经张开,正在等候他们闯进去。最后埃尔基凭借年轻和速度躲过了子弹,而施滕卡被杀害在离救命的彼岸仅几步之遥的地方。

《空中有苍鹰》明显地带有陀思妥耶夫斯基的影响。它最早是连载在《世界报》上,后才出版单行本。该书语言精练有力,情节跌宕起伏。当年德新社报道说:"西格弗里德·伦茨像一只苍鹰闯进德语文学界,惊醒了批评的母鸡们,它们以为在年轻的德语创作的院子里寻找好谷子必然是徒劳。"评论界则一致认为:一个有着自己独特声音的小说家出现了,那声音令人难忘,不容混淆。小说问世的次年即被授予雷妮·希克勒奖,评委是托马斯·曼、赫尔曼·凯斯滕和阿尔弗雷德·诺伊曼等文学大师。

在叙事风格上,作者采用了复线结构法:一条是绝望地逃跑的施滕卡的故事,另一条是疯子彼得鲁卡的家庭悲剧,通过类似电影回放的方式在两个故事之间来回切换,他俩一个逃跑,一个寻找追猎,最后通过曼佳的被杀交织到了一起。

关于本书的书名,以前对西格弗里德·伦茨的介绍中多译为《空中群鹰》和《空中之鹰》,但译者几经斟酌还是决定直译为《空中有苍鹰》，从而体现出笼罩全文的恐怖氛围。据《百科全书》介绍，苍鹰为森林猛禽，视觉敏锐，善于飞翔。其捕食特点是猛、准、狠、快，具有较大的杀伤力，凡是力所能及的动物，都要猛扑上去，用一只脚上的利爪刺穿其胸膛，再用另一只脚上的利爪将其腹部剖开，先吃掉鲜嫩的心、肝、肺等内脏部分，再将鲜血淋漓的尸体带回栖息的树上撕裂后啄食。在本书中，苍鹰的隐喻像一根红线贯穿全文，一开始就让读者体会到弱小生命逃跑时那种走投无路的感觉。它是邪恶和强势的象征，一直盘旋在整个事件上空。苍鹰也符合书中思想家阿帝的角色，他似乎无所不在，很聪明，他的意识形态与教师施滕卡所代表的精神自由正好相对立，因此他视施滕卡为自己的精神对手，不遗余力地要将他抓获。

　　再者，本书的面世正值"二战"后不久，德国被一分为二，冷战气氛日趋浓郁，有数百万人从东部德国逃往西部德国，因此，作者在这个时候选择这个逃跑的题材或许也不单纯是巧合吧。